Morituri

Bibliografische Information der Deutschen Nationalbibliothek

Die Deutsche Nationalbibliothek verzeichnet diese Publikation in der Deutschen Nationalbibliografie; detaillierte bibliografische Daten sind im Internet über http://dnb.dnb.de abrufbar.

Umschlagbild: Sonnentau (drosera rotundifolia)
Quelle: https://commons.wikipedia.org/wiki/
File: Sonnentau_2.jpg_byMüBus [CC BY SA 4.0]
Umschlaggestaltung: BoutiqueBrutal.com
Druck und Bindung: GGP Media GmbH, Pößneck
ISBN 978-3-99027-246-6

FSC www.fsc.org
MIX
Papier aus verantwortungsvollen Quellen
FSC® C014496

OLGA FLOR

Morituri

Roman

JUNG
UND
JUNG

Prolog

Am Rand eines Mischwalds, in dem höhen- und wirtschaftsbedingt noch die Koniferen überwogen, stand ein Laubbaum. An einem seiner Äste hing ein Blatt, noch sommergrün, von Adern durchzogen, die im Gegenlicht dunkler waren als der feinstrukturierte Rest und streng nach außen hin verliefen, um die Zellen mit Nährstoffen zu versorgen, bis zum gezackten Blattrand, an dessen Spitze ein Tautropfen hing, und darin spiegelte sich die Welt, der Himmel mit seinen Wolken und die Erde mit Feldern und Wiesen und Straßen und Büschen und Bäumen und Schweinezuchthallen und Carports und den nicht mehr ganz taufrischen Fertighäusern einer Landgemeinde, die hauptsächlich aus Zersiedelung bestand und sich an ein von diesem Standpunkt aus noch nicht in aller Herrlichkeit erkennbares Gebirgsmassiv wie beiläufig heranwanzte, sich zwischenzeitlich mit einer Landschaft begnügte, die als hügelig und allgemein wenig herausragend bezeichnet werden musste (ihr fehlte einfach das Typische) – und zwar von der Erzählerin, die sich ebenfalls in dem Tropfen spiegelte, der sich an dem Blatt gesammelt hatte, das wiederum an dem Baum hing im Mischwald im Halbmittelgebirge, geht ja nicht anders: denn ohne die

Erzählerin gäbe es das alles nicht, kein Grün und kein Grau und kein Blau und kein Braun der metallisch glänzenden Erdkrume eines frisch aufgepflügten Feldes, das aussah wie Schokoladenkuchen, in den man die Zähne hineinschlagen hätte wollen, ein brauner Kuchen mit Schokoglasur, der, nun bereits angebissen, sein krümeliges Inneres bloßlegte, üppig bestückt mit Kernmasse aus reiner zähflüssiger Schokolade, die man mit den Ausläufern von seufzend dahinsinkenden Schneehaufen auf eine Gabel bugsieren wollte. Das gäbe es alles nicht, und vor allem gäbe es keinen Ort und kein Ereignis, von dem etwas zu berichten wäre.

Rechts hinten lag übrigens eine Lichtung im Wald, die gar nicht weiter aufgefallen wäre, die sich aber, wenn man sich die Mühe machte und die Zeit nahm, einen Weg dorthin zu suchen (doch diese Niederungen zerfallender Bergrücken sind tückisch), als Laublücke über einem Niedermoor entpuppte.

Maximilian

Der ideale Tag, dachte Maximilian, als er nach dem Kaffee die Hühner füttern ging. Obwohl es ein kühler Morgen war, öffnete er die Tür des Stalles, um die Tiere herauszulassen, bevor er mit befriedigend schönem Schwung Körner aus der halboffenen Hand fliegen ließ. Zwei Liter Wasser, zwei Stunden Nachdenken. Zwei und zwei. Dann das Gelege. Er ging zurück ins Haus, dachte über die Eier nach, auch ein Problem, um das er sich endlich systematisch würde kümmern müssen, ging ins Arbeitszimmer, das eigentlich das Schlafzimmer war, und kroch unter den Schreibtisch, um an den Einschaltknopf des Routers zu gelangen. Als er sich umdrehte, vorsichtig, um nicht an der Tischplatte anzustoßen, was ihm nicht nur einmal passiert war, sah er frühe Sonnenstrahlen durch den sanften Staub schneiden, flacher noch als vor einer Woche.

Konnte es überhaupt sein, dass man den Unterschied von ein paar Tagen am Sonnenstand bemerkte? Und wo kam eigentlich der Staub her, wo sollte in einem gutgeputzten Bungalow aus den 50er-Jahren – die Bauweise hatte sofort sein Herz erwärmt, als er die klaren Räume mit den tief gezogenen Fenstersimsen zum ersten Mal besichtigt hatte, und sie waren günstig, da der Stil nicht sonderlich wertgeschätzt wurde – im Randbereich einer Landgemeinde Staub herkommen? Er startete den Rechner, er war da altmodisch, kein Standby: Seine Tochter hatte ihm geschrieben. Wie es ihm gehe in seinem Hobbitloch? Ja, Hobbitloch, dachte er, trifft die Sache nicht schlecht, auch wenn er nicht übertrieben klein war, auch nicht groß, mittelgroß, und seine Füße in den nicht uneleganten Filzpantoffeln nicht besonders behaart, wie er Ruth das nächste Mal demonstrieren würde, aber das wusste sie ohnehin.

Ich war durchaus mal politisch aktiv, würde er sagen. Wir sind auf die Straße gegangen. (Sein Blickfeld verstaubte auch schön langsam: Dieser bereitwillige Rückgriff auf alte Geschichten, wurde der zur Manie?) Deine Mutter und ich haben uns eingesetzt, und was hat es gebracht? Du erreichst ja eh nur die, die ohnehin deiner Meinung sind. Das bringt doch nichts, würde er sagen, höchstens Selbstbestätigung, und seine Tochter: Aber das mit dem Klima, das habt ihr trotzdem vergeigt, kurz bevor er ihr die Risikoabteilung unter die Nase reiben würde. Was macht ihr dort eigentlich? Wenn ich das schon höre, Risikomanagement: Kein Risiko lässt sich managen! Eine Pilgerfahrt wäre aussichtsreicher. Wir managen auch nicht, das sind ganz andere, würde Ruth sagen, recht spitz, mit diesem spitzen Gesicht, das sie gerne machte und das ihn an Sophie erinnerte. Das Risiko habt ihr doch längst ausgelagert, darauf er: Ich weiß schon, du wirst mich naiv nennen. Übrigens ist es ja schon prinzipiell das Risiko der anderen. Und so würde es weitergehen. Wusstest du, würde seine Tochter sagen, nun schon deutlich empörter, dass sie gerade das Risikomanagement zurückgebaut haben vor dem Crash? Nein, er hätte es nicht gewusst, und schade wäre es um die gemeinsame Zeit. Man muss dem anderen seinen Raum lassen, ihr ihren, ihm seinen, und Sophie, nun.

Das Ausmisten des Stalles, viel zu spät für Dorfverhältnisse, schon nach neun, doch das kümmerte ihn nicht. Zurück zum Computer, Rechnungswesen, dann seine Jogging-Runde vor dem Mittagessen, das diesmal aus Resten vom Wochenende bestehen würde, an dem er das Nachbarspaar eingeladen hatte. Es gab noch ein Stück Geflügel (ja, Töten, Rupfen und Ausnehmen kann man lernen) und Kartoffelpüree. Einen Bohnensalat könnte er machen. Er lief an den Bienenstöcken vorbei, beinahe automatisch, dachte er, überwachte den Winterschlaf seiner Völker, er, der Bienengottvater. Herzkreislaufmäßig bestens aufgestellt – und überhaupt, würde er sagen, wir alle, egal wo wir leben, in der Stadt, in der Effizienzzone oder im Nachhaltigkeitsgarten am Land, irgendwer muss ja schließlich die Biomärkte beliefern und die regionalen Produkte auch regional produzieren, wir leben alle in unseren Hobbitlöchern, bei mir ist es nur augenfälliger. Eigentlich konnte er sich gar nicht mehr daran erinnern, was ihn überhaupt aufs Land getrieben hatte. Es war in der ersten Wut geschehen, im Wunsch, einfach ganz was Neues anzufangen, aber die Gegend war eher Zufall gewesen, das Haus ein Glücksgriff, wie er gefunden hatte. Er passierte einen der Holzstapel, die hier im Wald an den erstaunlichsten Stellen auftauchten, dann ein Abbaugebiet mit kleinen rechtwinkligen Fehlstellen (ein nicht weiter verfolgtes Torfgewinnungsprojekt, wie es aussah). Die Orte, an denen die Jagdsitze standen, kannte er, und aus den Augenwinkeln überprüfte er bei jedem Vorbeilaufen, ob sich dort etwas tat. Nicht dass einer im Jagdeifer auf gute Ideen kam, aber andererseits: Dann wäre es eh schon zu spät. Mit Schwung nahm er die Kurve zu dem kaum wahrnehmbaren Abhang hinunter, der ihn auf die Lichtung mit dem kaum erkennbaren Moorgrund führte. Wir ducken uns schön vor dem Unwetter, dessen Herannahen unüberhörbar ist, verkriechen uns, gestalten das Innere häuslich und schmücken die Wände und starten die eine oder andere Online-Petition, und irgendwann, versprochen, werden auch die Häkelklorollenhüte wieder aktuell. Warts ab, teuerste Tochter, sagte Maximilian, schlimm, was man sich so angewöhnt, wenn man zu viel mit sich allein ist. (Und doch stimmt das nicht, widersprach er sich nun, es gibt ganz offensichtlich eine sehr neue Generation, die das anders und auch sehr offline angeht.)

Er pausierte kurz, der Wald war still, kein verwegener Frühbrüter mit gesanglichen Absichten unterwegs. Er stützte die Hände an einem Holzbalken ab, der den sicheren Weg über den unsicheren Grund markierte, und überließ sich für einen kurzen Moment dem Blick auf die schwimmenden Inseln, die ganz aus ihrem Bewuchs bestanden, die nichts waren als Bewuchs, wie die Informationstafel daneben anschaulich erläuterte. Die Stängel waren geknickt, die Köpfe, Dolden, Fruchtkörper hingen kraftlos herab, es war insgesamt ein trüber Tag. Dass seine Völker den Gottvater ohne weiteres töten konnten, fiel ihm plötzlich ein. Sie müssten sich nur verschwören, einen gemeinsamen Willen haben und dem das Einzelwohl unterordnen und zustechen, ohne Rücksicht auf Verluste, Stachelverluste, um die sie aber nicht wissen konnten. Oder doch?

Am Feldrand stank es: Kot- und Urintrennung betrieben nur wenige der bäuerlichen Betriebe, was dann allerdings den Geruch deutlich verbesserte. Gerippte Schütten für die Gülle, aus denen Flüssiges abrinnen konnte. Die feste Restsubstanz roch dann fast gar nicht mehr. Sollte in ihrem eigenen Interesse sein, könnte man denken, denn so eine herkömmliche Gülleschleudermaschine musste einen am Steuer des Großtraktors doch ganz schön benebeln.

Bürgermeisterin

Die Teile des Trachtenpärchens hatten einander wieder einmal verfehlt. Warum sie das nie lernten, dass sie in ihren Begegnungsversuchen zum Scheitern verurteilt waren, fragte sich Susanne Krblicek, Bürgermeisterin einer 3487-Seelen-Gemeinde im halbbewaldeten Alpenrandbereich halbwach. Korrektur: 3485, Tendenz fallend, da musste man sich nichts vormachen. Sie streckte die Arme aus, bis sie über die Seitenlehne der Couch ragten, drehte die Halsgelenke, um Blockaden vorzubeugen, stand auf und ging zum Papierkorb, um dessen Inhalt zu entsorgen. Nicht dass das ihre Aufgabe gewesen wäre, doch da sich nun ein verknülltes Taschentuch darin befand und das Vorzimmer leer war, nutzte sie die Gelegenheit, um die Sache ins nächstgelegene Klo zu kippen, Halbstock – doch immer Sache der Frau, sich um die weltlichen Details zu kümmern. Sie verfluchte Alfons beinahe freundlich. Immer, sagte sie, immer ist das Bereitstellen der Infrastruktur eine weibliche Angelegenheit, das hatte sie schon gesagt, als sie in die Politik gegangen war, hatte das als Argument für ihre Wählbarkeit frei Haus geliefert, inoffiziell, verstand sich, oder vielmehr in Gastgärten deponiert, und sie hätte sich nun beileibe niemals als Feministin bezeichnen lassen! Das und die Überzeugung, dass die Politik die Menschen, wenn sie nun mal Auto fahren wollten, gefälligst dabei zu unterstützen habe. Ich bin's, die Susi!, eure gemäßigte Bildmitte, mit gleichem Abstand zu allen Rändern.

Maximilian

Nach der Rückkehr blieb er vor dem Swimmingpool stehen, der ewigen Baustelle, einem Materie gewordenen Vorwurf, er zupfte nicht mal an der Abdeckplane, die er seinerzeit, also vor drei Monaten angebracht hatte, um das schadhafte, schon lange ungenutzte Becken darunter nicht sehen zu müssen. Abreißen müsste man das Ding. Falsch, hatte Jackie, die Nachbarin, als Tochter eines lokalen Bauunternehmers gesagt: rückbauen. Ein anständiger Swimmingpool sah schließlich anders aus. War aber auch ein Eigenbrötler gewesen, der Vorgänger, hatte der Nachbar Alfons eingeworfen. Irgendwer hatte am Ende seinen Hund erschossen, an sich ein gutmütiges Tier, war aber gestreunt, da konnte man nichts machen. Also gut, rückbauen und zuschütten. Aber das wäre doch eine recht teure Investition, für nichts und wieder nichts, andererseits wäre die Anlage für einen Bunkerbau, den der Nachbar angeregt hatte (Betonverschalung wäre immerhin schon da), definitiv nicht tief genug. Weinkeller, hatte Alfons als Option nachgereicht.

Maximilian zog die Schuhe aus, hatte Erde an den Sohlen. Der ideale Tag: Er duschte und setzte sich zu einem schnell zusammengestellten Essen. Dass man den eigenen Körper am Laufen hielt, war doch ganz schön wenig an Inhalt. Selbst mit Blick auf den Garten, in dem die Plastikplane fast schon unterging. Übrigens hatten sich die flachen, langen Bohnen heuer gut entwickelt, aber das hatte er heute schon einmal gedacht. Ansonsten hatte er es ja nicht so mit der Regulierung der Vegetation, die Leute im Dorf munkelten schon. Man könnte nun den Almöhi spielen, den großstädtischen Aussteiger mit Wallebart, schamanischen Einsichten und Reagenzgläsern voller Wildkleepesto, jeder Marktflecken braucht schließlich seinen Marktnarren, aber das lag ihm nicht. Das von ihm liebevoll errichtete Glashaus könnte man nach dem Einebnen des Pools erweitern. Als hätte er das von Anfang an im Sinn gehabt, hatte er das Glashaus gleich daneben aufgebaut, die Konstruktion hatte ihm Freude bereitet.

Was ihm abging hier draußen: mal eben auf ein Bier zu gehen mit einem Freund, einem Architektenkollegen zum Beispiel. Er hätte sich selbstständig machen können nach dem vom neuen Mehrheitshalter allzu nahegelegten Abgang, die Fünfzig überschritten, zu teuer, zu unflexibel, der Klassiker. Er hatte keine Lust mehr gehabt auf die Konkurrenz, das Anrennen, die Behauptungen eines Portfolios, das man anbieten könne. Aber dann waren die meisten ihrer Bekannten eben Paare gewesen, und als trauriger einzelner Überrest einer Zweisamkeit wurde man von den noch intakten Paaren gemieden. (Anschein der Intaktheit bis zum Beweis des Gegenteils, dachte er, und er selbst ein Infektionsherd, von dem das Fieber überspringen konnte bei jedem Kontakt und von da an sich zu exponentiellem Anstieg aufschwingen.) Und die Einzelpersonen, die sie mehr oder weniger regelmäßig getroffen hatten, waren, wie seine Exfrau ihm durchaus gerne unter die Nase rieb, wenn er sie ließ, ihre, Sophies Freundinnen gewesen. Und auch Freunde, ein paar unabgesättigte Männer fanden sich darunter, nicht nur Schwule, die sich ja immer noch manchmal den Anschein gaben, partnerlos zu sein. Er habe sich, wie im Übrigen die meisten Männer rundherum, völlig auf ihre Netzwerke verlassen, *socially challenged*, hatte sie gesagt, nicht ganz zu Unrecht. Er war gerne mit sich allein, und er fand nichts Verwerfliches daran. Das Kind erwachsen, die Schulden bedient: Pflicht erfüllt. Er könnte sich nun der ernsthaften und volkswirtschaftlich völlig verantwortungslosen Auseinandersetzung mit philosophischen Schriften widmen, wann, wenn nicht jetzt? Bukolische Studien eines Abgedankten in der globalen Provinz.

Natürlich gab es ein Wirtshaus, allerdings im Nachbarort. Das hiesige war nur noch eine schäbige

Anhäufung unkontrollierter Wucherungen aus einem einst kompakten Gasthof. Da gab es einen angebauten Saal für Festgesellschaften, dem der Innenhofgastgarten unter anderem zum Opfer gefallen war, vor allem natürlich der Erweiterung des Parkplatzes, dessen Asphalt Platzwunden und Risse zeigte, aus denen Grünzeug kroch. Da war eine Kegelbahn, ein weiterer straßenseitiger Wintergarten, über dem ein Dachausbau thronte, all das lange vor seiner Zeit ein für alle Mal zugesperrt und sich selbst überlassen. Den Ziviltechnikertitel hatte Maximilian zurückgegeben, zu teuer, zu nutzlos, ihm konnte man also nicht damit kommen, ihn nicht belästigen mit dieser baufälligen Manifestation gescheiterter wirtschaftlicher Unternehmungen. Er empfand auf einmal Trauer. All die verlorene Energie, all die vergeblichen Versuche, die Sache zu verbessern, einem Zeitgeist anzupassen, der schon veraltet gewesen war, als er diesen Winkel erreicht hatte, und unterwegs wiederum überzeitlich, zeitlos hässlich geworden war. Die Anstrengungen, um das Haus, ja, zu verschönern, auch wenn die gewählten Mittel und das ästhetische Ziel keinesfalls seinen professionellen Prinzipien entsprachen, all das erschien ihm plötzlich so überwältigend trostlos, dass er sich zwang, das Thema zu wechseln. Das noch existierende Nachbarwirtshaus sah nicht viel besser aus, er besuchte es dennoch. Leider lag es zu weit weg, als dass er es noch zu Fuß erreichen konnte, so frequentierte er es nur in größeren Abständen – denn im Unterschied zu den Einheimischen, die genau wussten, wann die lokale Polizeidienststelle und wann die wesentlich rigorosere überregionale für die Verkehrskontrollen zuständig war, kam für ihn die lässliche Sünde der alkoholisierten Inbetriebnahme von Kraftfahrzeugen nicht in Frage, Städter.

Ruth hatte nicht unrecht, er steckte den Kopf in den Sand. Vielleicht verstand er zum ersten Mal die Bedeutung des Bildes von den drei Affen, ganz von innen heraus: Nicht einmal beachten durfte man die Widerwärtigkeit einer Politik der Abschottung, die ohne Bedenken über die sprichwörtlichen Leichen ging, nichts wissen wollte man von den Angeschwemmten, deren (nun allerdings versäumte) Rettung zum gesellschaftsfeindlichen Delikt erklärt worden war – die Rettung, nicht das Versäumen. Man kann sich wunderbar blind und taub und sprachlos stellen, es geht ganz einfach, wenn das eben der Preis für die eigene Seelenruhe ist, im Grunde hatte man es geahnt, aber so richtig manifest schien es nicht. War jetzt alles an der Oberfläche, gegenwärtig, und das Leugnen des Offensichtlichen (der Tötungsbereitschaft) nicht einmal mehr opportun. Er tat nichts dagegen. Er ließ zu, dass die Lähmung von ihm Besitz ergriff. Dabei blieb er nicht sprachlos, wenn er ehrlich war, er empörte sich in kommentierenden Netzbeiträgen, ein Sichluftmachen, dessen Versuchungen er immer wieder erlag, ohne dass er stolz darauf gewesen wäre, er wusste zu genau, wie wirkungslos es war:

Die Dinge übernehmen die Kontrolle, schrieb er, sie haben all die Zeit auf ihren Moment gewartet, in der Tiefe ihres Berges (dort hausen Bartträger und Königinnen und allwissende Küchenmaschinen), und jetzt ist er da. Sie vernetzten sich und verhandeln die Dinge untereinander, verhandeln sich selbst miteinander, ganz ohne menschliches Zutun, das ist abgehakt und erledigt: Ab jetzt agieren die Maschinen selbsttätig. Sie schätzen das Potenzial der menschlichen Exempel ab, die sie melken, dankbare Nutztiere, bei denen sie schließlich argumentieren könnten, wenn sie das könnten – doch der argumentierende Algorithmus wartet noch ein wenig auf sich selbst –, dass sie nur deshalb noch existieren, damit sie ihren Datenspurenzweck erfüllen können. Wo bliebe sonst der kuratierte Input für die selbstlernenden Systeme? Die brauchen Material, und das erzeugen wir nur zu bereitwillig! Maximilian setzte nach: Von den Möglichkeiten der Sabotage durch Übernahme der ganzen Elektronik ganz zu schweigen, der Mensch gegart im eigenen intelligenten Haushalt! Ein Kessel voll mit Öl, und wir schüren auch noch das Feuer!! (Ein bisschen viele Ausrufezeichen, fand er, aber dann: War dies nicht gerade die Hochzeit der Ausrufezeichen?) Die Erfahrung der letzten Jahre hat gezeigt, dass das Schlimmste durchaus eintritt. Hier und jetzt. Diese Kindheitssicherheit, dass nämlich alles immerzu besser würde, wenn man nur abwartete, hatte sich abgestoßen, abgeschuppt. Er hatte sich gehäutet. Er bewarb sich zum Beispiel nicht mehr, obwohl er das durchaus getan hatte noch vor dem Ende der Auslauffrist seines Dienstvertrages.

Ruth

Das Zeug, das sie in sich hineinwarfen: Funktionsfeinstaub, gepresst, sonst hält man ja nicht durch. Erst zum Aufwachen, dann zum Höchstleisten, zum Abschalten, zum Durchschlafen. Für jede Problemzone das passende chemische Angebot. Aber das ganze Konzept war schon ein wenig überholt, warum wiederholt man das Überholte? Optimierte den weiblichen Körper nach männlichem Vorbild? Klar konnte man abtreiben, wenn mal was schief ging, aber Freude war das keine. Eizellenentnahme ebenso wenig, wie man hörte. Immerhin konnte man so den Fortpflanzungszeitpunkt hinausschieben, das Zeitfenster vergrößern, das war ja wenigstens etwas. Sie schweifte schon wieder ab, dabei war der Schwerpunkt des heutigen Vormittags – Blockchains – einer, von dessen näherer Erkundung und strategischem Einsatz sich die Firma einiges versprach. Man dürfe diese technologische Chance nicht leichtfertig für erledigt halten, bloß weil ein paar, ok, ein ganzer Haufen Leichtgläubiger damit Verluste gemacht hätten, die Runde hatte den Vorsitzenden beifällig angekichert. Sie betrachtete die Bilder des Advisory Boards des Unternehmens, das das Meeting ausrichtete – großzügige Zimmer, großzügiges Essen, ansprechendes Inselambiente inmitten eines Bergsees: fünf Männergesichter, eines glatter als das andere, voll und rund, und die Tatsache, dass die Umwelt auf die eigene Wichtigkeitspose hereinfiel, ein steter Quell innerer Heiterkeit. Die Moderatorin schränkte den Spielraum des aktuellen Sprechers ein, indem sie die Bühne betrat und ihm durch die pure körperliche Präsenz unmissverständlich anzeigte, dass seine Zeit zu Ende war. Die archetypische Erfolgsfrau, wie Ruth feststellte, mager bis an die unterste Grenze des Vertretbaren, trainiert, mit üppiger und für den natürlichen Farbmischeffekt sorgfältig in Schichten gefärbter Haarmähne, die gerade deshalb umso artifizieller wirkte, dabei den Kopf mit der geglätteten Stirn, deren Oberfläche kein Gedanke trüben konnte, stets leicht schräg haltend, das Gegenüber immer leicht schräg von unten her anlächelnd, selbst wenn es kleiner war als sie selbst. Das war überhaupt die Spitze der Kunstfertigkeit, von oben herab von unten heraus zu lächeln, ein allzeit bereites Unterwerfungslächeln, das gepflegtes rosiges Zahnfleisch über strahlendem Schmelz entblößte. Ein Gesamtkunstwerk, das jetzt das Wort ergriff und festhielt, dabei ein glänzendes Englisch einsetzend, an dessen feine Ziselierung keiner der bisherigen Beiträger herangekommen war. Hilft dir alles nichts, sagte Ruth leise und dachte an ihre Mutter.

Dachte an die Strukturierung von Verantwortungskaskaden, von Rückmeldungshierarchien, die am Ende mit Sicherheit dazu führen, dass sich die Verantwortlichkeit ausdünnt und ausläuft, dass sie versickert im hoffnungsvollen Verantwortlichkeits-Trickle-Down, das aber in diesem Tätigkeitsbereich (Organisationsverortung) tatsächlich funktioniert, und diesmal wirklich! Im schlimmsten Fall beißen die Letzten halt die Höllenhunde, oder umgekehrt, egal, Hauptsache, die Meute ist beschäftigt, und die, auf die es wirklich ankommt, die Peer Group oder Birnengruppe, leicht feist in den Hüften, kann sich selbst gratulieren und umgruppieren, und diesmal wirklich.

Bürgermeisterin

Die etwas abgelegene Burgruine mit Wald drumherum ließ sich wunderbar als Kulisse für Ritterspiele nutzen, auch im immer sonnigeren Herbst, das war nun schon seit zehn Jahren klar. Dem Mittelalter-Fest-Jubiläum konnte sie sich natürlich nicht entziehen, und es war keine lästige Pflicht, sie hatte sich sogar eine passende Verkleidung zurechtgelegt (darüber muss man gar nicht reden, das muss man machen): das Mieder eines alten Dirndls, aus einer Zeit, als die noch nicht so trachtig aussahen wie heutzutage, die Figur – drall, hatte ein Onkel sie genannt, mit einschlägigem Zwinkern – hatte sie halten können, ein Rock aus grobem, aber wildrotem Stoff dazu, das ließ sie auf den Bildern so schön leuchten. Die Craft-Biere vermehrten sich von Jahr zu Jahr, die Parkplätze auch. Ein Festzelt mit gekreuzten Wikingerpferdeköpfen am Giebel gefiel ihr besonders, ein Kunstschmied bewarb sein Handwerk. Jackie hatte sich als Kräuterhexe und Schmuckdesignerin neu erfunden, nur als Hobby, wie sie betonte, als die beiden mit Honigmet auf die Veranstaltung anstießen. Der Fotograf im Lokalkilt, der im Privatleben Kassier des Kameradschaftsbundes war, verfeinerte die Aufstellung der Maiden, bevor er den Daumen hob.

Das Turnier fand auf einer planierten Abraumhalde statt, der Burghof war winzig, und auch wenn Susi sich selbst für das Ereignis gebrieft hatte und nunmehr wusste, dass Turniere meist auf einem Platz vor der Burg zur Aufführung gekommen waren, wenn nicht überhaupt in den Städten, wäre ihr doch ganz im Geheimen ein Burghof passender erschienen. Eine Landesausstellung zum Thema *Vergehen und Wiedergeburt: eine Kulturgeschichte des Kots* hatte immerhin für eine moderne WC-Anlage gesorgt, die konnte man nun über den Burghof betreten. Ein Ritterdarsteller zog sich in der Tür gerade einen Helm über den Kopf, der verdächtig einem blechernen Wasserkübel mit Sehschlitz glich, und verließ das Herrenboudoir mit klimpernden Schritten. Sie dachte an das mit Nägeln beschlagene Fass, in dem die Bösen zu Tode geschleift wurden: ein für Frauen reserviertes Ende? Ein zweiter Sardinendosenmann machte ihr im Burgtor den Weg frei, mit einer ironischen Verbeugung, wie ihr schien, und der Umstand, dass sie die Ironie, wenn sie denn da gewesen war, nicht greifen und auch keiner ihr bekannten Person zuordnen konnte, verunsicherte sie, aber nur ein bisschen. Das größte Verbrechen ist die Übertretung der Standesschranken, dachte sie, als sie vor den Ritterschlachtplatten und Burgfräuleinschmäusen stand. Dann weckte sie die Frage nach ihrer Bestellung aus der leichten Trance, in die sie gefallen zu sein schien, sie sagte: Gänsebraten, der natürlich nicht angeboten wurde, und sie musste sich doch sehr wundern über sich selbst. Alfons kam sicherlich leichter bekleidet, sie wusste aus eigener Erfahrung, wie schwer allein schon so ein Kettenhemd war. Am Rost des kulinarischen Subunternehmens werkten zwei dunkelbärtige Männer, afghanisch vermutlich, hätte Susi gesagt, die ein paar Abzuschiebende in der Kirche der Nachbargemeinde gesehen hatte. Überhaupt kamen immer mehr Städter, was an und für sich zu begrüßen war. So sah man jedenfalls auch hier fremde Gesichter. (Und außerdem war da das ganze Hauspersonal, das die Leute schwarz beschäftigten, und alle wussten es, die Putzkräfte, die Gartenpfleger, die Erntehelferinnen. Ohne entsprechend formuliertes Asylrecht gab es keine Illegalen, ohne Illegale keinen Preisdruck auf die Lohnstückkosten und keine Erdbeeren im Winter, und wenn die Leute etwas wollten, dann waren es Vitaminbomben in der grauen Zeit. Aber die Erkenntnis über solche Zusammenhänge wurde nur wenigen zuteil, und die Bürgermeisterin teilte sie nicht weiter.) Die Strohburg erfreute sich großer Beliebtheit, das Revier des Bogen-, Armbrust- und Katapultschießens grenzte vielleicht etwas zu knapp daran an. All diese prächtigen Möglichkeiten stünden den Kindern wie den Erwachsenen offen, verkündete der Moderator, der den Lanzengang in Kürze eröffnen würde, indem er von einer meterbreiten Papierrolle ablas: Raufen, saufen, kaufen! Vollvisier und zwei Lanzenlängen Abstand!

Der Fotograf hatte sich den Rittern zugewandt, von denen ihr nun einer zuwinkte, der Schwarze Ritter in schwarzer Rüstung mit auffallenden Silberbeschlägen, Susi erwiderte den Gruß. Der Fotograf arbeitete für das gemeindeeigene Blatt, die professionelle Lokalzeitung hatte schon vor Jahren das Handtuch wegen Unrentabilität geworfen, genauer gesagt war sie von einem überregionalen Medienkonzern aufgekauft worden, und der hatte die Lokalredaktion im Handumdrehen rückgebaut. Das Gemeindeblatt hingegen war eines, auf dass sie sich als oberste Gemeindevertreterin verlassen konnte, und wenn nicht, musste man sich halt von einer unliebsamen Mitarbeiterin trennen, schon passiert. Neben dem Plastikknusperhäuschen richtete sich ein junger Mann im Kettenhemd auf, der sich eben übergeben hatte, wischte sich den Mund und grüßte übereifrig, bevor er sich um die Ecke verdrückte. Wie hässlich diese Hütten doch von hinten aussahen. Da müsste man wirklich was machen. Der Fotograf kam ihr nachgelaufen, rief ihr etwas zu (is echt a Moa), sie umrundete die Hüttenansammlung, dachte an Moor und Bauprojekt, zupfte die Bluse zurecht, schüttelte den Fotografen ab, der gerade behauptete, man dürfe darüber nicht mehr reden. Worüber, erfasste sie nicht, sie näherte sich dem Kampfplatz, und nun hörte sie, dass das Publikum, angeleitet vom Moderator, sang: Wer hat Angst vorm schwarzen Mann? Niemand!

Maximilian

Er hatte tatsächlich ein Jahr lang nach einem Job gesucht, hatte Bewerbungsschreiben abgeschickt, die viel zu genau auf die Ausschreibungsbedingungen eingingen, hatte den Lebenslauf angepasst. Aus jeder Zeile sprang Bemühung, zu viel, um irgendwen zu überzeugen, das sah er selbst im Nachhinein, der Beflissenheit hing ein gewisser Verzweiflungsgeruch an. Er war, manchmal, selten, zu Bewerbungsgesprächen eingeladen worden, hingefahren (in verschiedene Speckgürtelindustriegebiete) und hatte sich von der lernwilligsten, eloquentesten Seite gezeigt. Familiär, hatte er gesagt, alles kein Problem, Kind aus dem Haus, Frau zu Fernbeziehung bereit, obwohl ihn niemand danach gefragt hatte – und etwas in ihm revoltierte: Was ging das die Human-Resources-Frau an, die jung und herrisch und mit haarfeinem Lidstrich vor ihm saß? Es hatte sogar den Tatsachen entsprochen, nur hatte Sophie die Fernbeziehung mit einem anderen geführt, wie sich herausstellte, nachdem sie ihm ohne Vorwarnung mitgeteilt hatte, sie verlasse ihn nun und er sei ohnehin nur mit sich selbst beschäftigt. Ob es mit Vorwarnung besser gewesen wäre, hätte er auch nicht sagen können: Aber warum betonte man diesen Punkt eigentlich so, ganz unwillkürlich? Als ob das Ignorieren von Vorwarnungen jeglicher Art nicht etwas zutiefst Menschliches wäre, geradezu ein Klassifizierungsfaktor für die Spezies? Und überhaupt, was hätte ihn denn warnen sollen?

Jedenfalls überraschte es ihn nicht wirklich, er fand sich selbst langweilig, wenn auch nicht langweiliger als die meisten anderen. Im positiven Sinne langweilig, heißt das doch: beständig, berechenbar, verlässlich. Und eine Vorahnung, hätte er die wirklich gewollt? Wenn er in sich hineinhorchte, was er tat, zum Beispiel beim Hacken und Aufstapeln des Bruchholzes, musste er sich eingestehen, dass er es eigentlich so empfand, als habe Sophie ihn wegen der anderen Stadt verlassen, nicht wegen des dazugehörigen Mannes. Den Mann kannte er nicht, wollte ihn auch nicht kennen, doch war es sicher reizvoll, einmal eine Zeit lang in Brüssel zu leben. Vielleicht, dachte ein Teil von ihm, sie werde schon wiederkommen, wenn sie mit dieser Erfahrung fertig wäre. (Die Brexit-Sache war ihm anfangs ein wenig wie ein stellvertretend für ihn geführter Lanzengang gegen die EU-Hauptstadt erschienen: befriedigend. Ein Gottesurteil. Wenn es sich nicht so gezogen hätte, dass man den Spaß daran verlor.)

Ein einziges Angebot hatte er bekommen, und da hätte er weit hinter Ausbildung und Berufserfahrung zurückbleiben müssen, vom Finanziellen gar nicht zu reden. Nein, hatte er ein wenig hochmütig gedacht, Zeit für eine Umorientierung, und schließlich, was benötigte einer wie er denn schon: Was mache ich mit diesem Restleben, diesem angebrauchten Überbleibsel? Die Vorstellung eines Lebens in Autonomie, die ihn wohl hier herausgetrieben hatte, musste, so schön sie sein mochte, das bleiben, was sie war, Idee, Wunschdenken. Überhaupt ist das In-sich-Hineinhorchen doch meist Zeitverschwendung, besser ist es, Abstand zu nehmen, die Augen ins Unendliche zu fokussieren, als ob eine Bettlerin am Gehsteigrand säße, der man Unerreichbarkeit signalisieren wollte, die Zugehörigkeit zu einer anderen Welt, so weit entfernt, dass all die Litaneien, die sie anstimmen mochte (berechtigterweise oder auch völlig unberechtigt, wer will das sagen), am Weg dorthin ganz ungehört verhallten. Seinen Zorn legte er in die nächsten Axthiebe, das bedauernswerte Arbeitsstück war grau und so vertrocknet, dass die Splitter sprangen.

Die Zigeunerin fiel ihm ein, so hatte seine Mutter sie genannt, als er als junger Mann einmal ihrem Wunsch entsprochen hatte, in die heilige Stadt zu fahren, wie sie trotz ihres ostentativen Protestantismus sagte, sie beide in der Straßenbahn. Maximilian, ganz wohlerzogen, hatte einer Mutter mit

Kind seinen Platz anbieten wollen, die hatte mit einer Kopfbewegung abgelehnt, die eigene Mutter ihn zurechtgewiesen: Aber das ist doch eine Zigeunerin. Die will doch nur stehlen, die braucht keinen Sitzplatz. Da hatte er das Prinzip Höflichkeit verstanden, das andererseits natürlich schon im Namen steckte.

Er aß nicht viel mehr als eingelegte Tomaten mit Brot und ein wenig Käse, dachte an die Kleinanzeige *Kleinsttomatenzüchter ohne Altlasten sucht nach Erkenntnis. Einschlägige Hinweise erbeten: post@ hobbithole.org*. Altmodisch, hatte seine Tochter gesagt, und außerdem: Wollte er überhaupt eine Frau, die hier draußen nach Sex suchte? Da war statt dessen die Erkenntnis eines Nachts wie Schlaf auch über ihn gekommen: Die Vorstadt hat das Land längst eingeholt, so weit kannst du gar nicht hinaus migrieren, als dass sie nicht schon vor dir da wäre. Verschwörungstheorien werden in den Hintergärten liebevoll und artgerecht gepflegt, die Vorgärten sind eher asphaltiert. Er sah aus dem Fenster, ein Huhn hinkte, dem würde er nachgehen müssen. Die Nachbarn hatten auch so eine Pyramide im Wohnzimmer hängen; er hatte scheinheilig gefragt, ob es sich um Weihnachtsschmuck handle. Statt Tupperwareparties, die er zugegebenermaßen nur vom Hörensagen kannte, gab es nun Quantenenergieseminare, bei denen Metallobjekte zur Bündelung schädlicher Hintergrundstrahlung verkauft wurden. Oder zum Anlocken intelligenteren außerirdischen Lebens, wer weiß. Das Abwaschen und Reinigen der Arbeitsflächen machte ihm eine stille Freude, umso mehr fragte er sich dabei, woher der kindische Sarkasmus kam. Unter deinem Niveau, sagte er. Andererseits: Das Alleinsein brachte es mit sich, dass er sein eigenes Publikum war, und die Vorstellung, dass er all die Arbeit nur verrichtete, um die eigenen Bedürfnisse zu befriedigen, sich selbst am Laufen zu halten, war ernüchternd, ein bisschen dürftig. Dass darüber hinaus nichts erzeugt wurde, nichts außer Abfall und Wärme, konnte schon deprimieren. Da lag das Witzereißen nahe, um sich bei Laune zu halten. Das Anfüttern verschiedener Netzkanäle – er ließ sich bei der Auswahl durchaus von Ruth beraten – war immerhin eine halbwegs kostengünstige Möglichkeit, um sich selbst über den Umstand der eigenen Nutzlosigkeit hinwegzutrösten. Andererseits führte der Up- und Download wieder zu nichts als Wärmeproduktion.

Und was, musste er sich dann fragen, wäre eigentlich das Konzept eines nützlichen Lebens? Da geraten wir in gefährliche Fahrwasser, Maximilian, auf finstere Abwege. Was heißt schon *nützlich*, und was heißt *wir*? Reden wir jetzt mit uns selbst im Plural, was dann strenggenommen einen doppelten Plural ergeben müsste? Korrektur, sagte er: Wenn ich mich um einen in den Hühnerfuß eingetretenen Dorn kümmere oder um das Ausmisten des Stalls, dann ist das nützlich, wenigstens für die Hühner. Wenn ich einen jahreszeitlich bedingten Mangel im Ernährungsplan entdecke, den ich nur entdecken kann, weil ich wenigstens ein wenig auf Eigenproduktion setze, und dem Mangel durch zweckgerichtetes Handeln, Einkochen und Einlegen entgegenwirke, dann ist das nützlich. (Für die Gesellschaft? Für die Hühner? Für mich?) Sauber jedenfalls. Die Paradeiser, die er nicht gegessen, verschenkt und doch verkauft hatte – auch wenn das Selbstbedienungsregal mit der Münzenbox nicht so der Renner gewesen war –, hatte er weiterverarbeitet, rechtzeitig geerntet, bevor die Nächte kalt geworden waren und das Fruchtfleisch sauer, verschiedene Würzvarianten, Homogenitäts- und Dichtestufen ausprobiert, einiges war schiefgegangen, aber nun. Auch sauber. Die Nudelmaschine, die er für die Eierverwertung gekauft hatte, wartete in der Vorratskammer, immerhin gleich neben dem Rohmaterial.

Nun könnte er schöne Etiketten handbeschriften und die Gläser mit adretten Häubchen ausgestattet am nächsten urbanen Bauernmarkt anbieten, der doch keiner war, höchstens eine rurale (saisonale, lokale) Ausstaffierung der Innenstadtplätze für Städterinnen, die mit Stadtmüdigkeit bloß liebäugelten, das aber umso überzeugter, von SUV-fahrenden Wohlstandsviertelbewohnern, die ihren Sortenreinheiten und Unverträglichkeiten nachgingen. (Wenn er so weitermachte, wurde er wirklich unleidlich, da hatte Sophie ganz recht.) Ein paar Saatkrähen ließen sich unter einem Baum nieder, an dem noch ein paar traurige Blätter hingen, und hackten in den Boden, wie es aussah. Saatkrähen? Woher wollte er das eigentlich wissen? Dass er die Nüsse nur beiläufig eingesammelt hatte, dass er nicht die Kraft aufgebracht hatte, systematisch vorzugehen, war ein Versäumnis, das er im nächsten Jahr nicht zu wiederholen gedachte. Er müsste geschützte Trockenregale aufstellen. Nur wo? Ein Plan für den Sommer. Walnusspesto mit hauseigenem Schafkäse? Aber das würde einen aberwitzigen Schritt in Richtung Schafzucht erfordern. Er war doch nicht völlig verrückt, ihm reichten schon Freilaufgeflügelprobleme. Ziegen sollten ja wesentlich anspruchsloser sein, scheren musste man die auch nicht, bloß melken, und sich eine noch aberwitzigere Patzerei mit allen Verfallsstadien von Milch – und den gesetzlichen Rahmenbedingungen dafür – anzutun, war eine schauerliche

Vorstellung. Schließlich gab es auch genug Stadtfluchtjungeltern, die sich voller Elan in dieser Disziplin versuchten. Die Göttin war wieder hoch im Kurs, die Nester auch, das hatte auch Jackie mit ihrem unvergleichlichen Geschäftsinstinkt sofort erkannt und versuchte nun, den Erdmuttermund für sich nutzbar zu machen. Man würde sehen, und man musste sich ja nicht selbst das Leben vermiesen. Handgefertigten Käse gab es jedenfalls in ausreichenden Mengen, ganz ohne sein Zutun.

Das Ausmisten der Posteingänge, das Entsorgen des Benachrichtigungsgewölles, Tagesrandprobleme, der Einbruch des Äußeren ins Innere: Accounts gelöscht, Papierkorb geleert, falls das denn half. Weniger das Problem im Zaum gehalten als die Oberfläche geschönt, das war ihm klar. Der perfekte Tag: Die selbstverständliche Aufteilung der Tage hatte er nur anfangs vermisst, erstaunlich, wie schnell man sich einen Rhythmus schafft, und die Arbeit fehlte ihm nicht allzu sehr. Noch weniger die Arbeitsgruppe, in der sich immer welche hervortun mussten, um einander zu bekämpfen, bis einer ging, weil er – oder auch sie – ein angeblich besseres Angebot hatte. Noch schlimmer die, die freundlich und nachgiebig und verständnisvoll taten, um dann sorgfältig ausgesuchte Projekte anderer zu torpedieren, bei deren Zustandekommen sie sich aus irgendeinem Grund zu wenig gewürdigt sahen oder die ihnen sonst einfach nicht in den Kram passten. Immer mit dieser Leidensmiene. Aggressive Unterwürfigkeit. Dass ein Bienenvolk als ein Gesamtorganismus zu verstehen sei, alter Hut.

Gummistiefel

Eine gut gebuchte Verfasserin von Gebrauchstexten, Reden, Infomercials aller Art, eben zurück von einer Dienstreise, bei der sie einem aufstrebenden kenianischen Jungpolitiker unter die Arme gegriffen hatte – ihr Englisch war brillant, das sagte sie ganz frei von Bescheidenheit –, fasste ihre jüngsten Eindrücke zusammen, Abfallprodukte eines durchgetakteten Tages, man wusste ja nie, wann man sie brauchen können würde: Unter einer Brücke hatte ein leeres Plastikfass gebrannt. Zumindest hätte man vermuten können, dass es leer gewesen war. Niemand wärmte sich am Feuer, niemand sah zu, soweit sie sehen konnte, nur die Ränder krümmten sich in dunkler Agonie, gesäumt von unruhig aufflackernden Brandnestern. Zumindest hielt sie das Ding für ein brennendes Plastikfass unter der Brücke irgendeiner Stadt, ein leiser Instinkt sagte ihr, dass sie schleunigst verschwinden sollte, doch etwas wollte bleiben und sich von dem Desaster nähren. Menschen verbrennt man in Autoreifen, Homosexuelle, Hexen und alle, die man dafür halten könnte. In Teppiche gerollt wie handgedrehte Zigaretten. Diese Freude an der spektakulären Katastrophe war schon immer ein bisschen kindisch. Sie ermahnte sich selbst: Du musst dich eben gemütlich auf der Metaebene breitmachen, ganz kontrolliert im Schneidersitz, da lassen sich Scherze und Statusgewinn herausschlagen, dass die Funken nur so sprühen. Scheiß auf Opfer.

Die menschliche Grausamkeit ist schließlich eine Konstante, auf die man sich verlassen kann. Und dass Frauen sich so gerne unterwerfen – ihre Schuld war es nicht. Der Begriff des Opfers ist ja nicht umsonst zum Schimpfwort verkommen. Grausamkeit, drüberfahren, schneller zuschlagen, die Lacher – wetterwendisches Fußvolk – auf seiner Seite wissen, die sind eingesackt, für sie nur Größen, mit denen sie arbeitete wie mit anderen auch. Und Arbeit hatte die Textproduzentin, da war kein Mangel, über den sie sich beschweren konnte.

Bürgermeisterin

Susanne, Bürgermeisterin, vertraute dem Experten in Sachen Cum-Ex, als der er sich unter der Hand zu erkennen gegeben hatte, nicht allzu sehr. Er trat nun für einen finanzkräftigen Großkunden auf, der das Gewerbegebiet – das grade an der Schwelle stand, ein solches zu werden – im Auftrag noch potenterer Geldgeber aufkaufen wollte. Sie verstand wenig, zumal nicht klar wurde, ob er ihr jetzt seine Dienste in illegaler Steuerrückgewinnung nahelegen wollte oder ihr im Gegenteil damit drohen, dass über Cum-Ex-Gebahrungen schon ganz andere gestolpert seien, also auch ihre Geschäfte einer genauen Überprüfung nicht standhalten würden. Vielleicht beides. Immerhin hatte er ein trachtiges Einstecktüchlein vom Großvater, wie er versicherte, und der Nachbarort sei auch schon interessiert. Spräche nämlich einiges für letzteren. Original großväterlicher Rotz, wer könnte da widerstehen, und die Potenz des potenten Hintermannes nochmal obendrauf. Freilich wäre die Umwidmungsumsetzung ganz auf Seiten der Gemeinde, und ihm persönlich wäre diese Lösung lieber. Dass das Gesamtpaket einfach stimmiger sei, sagte er, sie warf ein paar gesetzliche Vorschriften, Verträglichkeitsprüfungen undsoweiter ins Rennen, doch er zog tatsächlich ein Augenlid herunter. Das Gesamtpaket, wiederholte er nochmal. Wie man hörte, gäbe es da ein neues prächtiges Gesetzes-Tool in Österreich in Form von Verschleppung, bei Verschleppung der Einspruchsbehandlung automatische Genehmigung des Projekts, *kicking this ball down the road* habe dem *part oft the game* eine neue Qualität hinzugefügt, falls sie verstehe, was er meine. Er habe sie da jetzt verloren, sagte sie, bisschen was hatte sie schon gelernt bei der parteiinternen Weiterbildung. Schwarzer Peter erfolgreich zurückgeschoben, und der so Bediente erläuterte noch einmal und im Detail, wie der Vorgang abzulaufen habe.

Nachher saß sie ein wenig erschüttert da, und fragte sich, ob man wirklich mit so dummen Sprüchen aus dem Businesssprechbauchladen so weit kommen konnte, oder ob gerade die Dummheit der Sprüche für sie als Zielgruppe ausgesucht worden war: kein Ergebnis. Für das Gewerbegebiet hatte sie andere Pläne. Woher der Kerl allerdings von der anvisierten Umwidmung gewusst hatte, war eine andere Frage, und die war interessant. Das hieß, dass es ein Leck gab. Sie würde mit dem Konsortium, genauer gesagt: mit Jackie reden müssen. Deren Investoren schienen trotz all des Potenzgeredes doch eine Nummer größer zu sein – und schließlich war ein Zentrum für avancierte Biomedizin (Lebensverlängerung! für Zahlungskräftige! Riesenthema!) bei weitem interessanter, und auch als Werbefaktor für die Gemeinde wesentlich effizienter als das hundertste Einkaufszentrum.

Zerstreut betrachtete sie die Fotos vom Mittelalterfest, aus denen sie einige für die Gemeindezeitung aussuchen musste, und begriff plötzlich, was der Fotograf ihr unbedingt hatte mitteilen wollen: *Is echt a Moa*, und dass man das sicher auch nicht mehr sagen dürfe, weil einem ja alles verboten werde. Der Nachsatz erschloss sich erst jetzt: Er hatte gar nicht vom Moorprojekt gesprochen, sondern vom Ritter, der nicht nur außen, sondern gewissermaßen auch innen schwarz gewesen war.

Er wurde dort und da fündig: *Forscherin, 37, mit eigenem Zoo möchte gerne deine Bekanntschaft machen.* Drei schräggestellte Pfeile wiesen nach rechts oben. Eine dreifach Reingläubige? Eine reingläubige Sozialistin, die auf den Wohnsitz ihres Gottes zeigte? Er kam nicht drauf. Und der Reinheitsanspruch war überhaupt das größte Elend, das die Menschheit über sich selbst gebracht hatte und natürlich immer über ihre schwächsten Teile. Ich bin klein, mein Herz ist rein: Die Bankrotterklärung jeder autonomen Selbstbefragung. Hast du was zu verbergen? Nein? Klein und rein? Deine Daten sprechen für dich. Alfons hatte ihm bei Internetzugang zu TOR, einem Browser mit Zwiebelschalenstruktur zwecks Anonymisierung geraten, sehr praktisch. (Das Internet ist eine richtige Sau.) Google das mal, hatte Maximilian gesagt und ein kleines Lächeln nachgereicht.

Die Bienenkolonie als einen großen Organismus zu sehen, hatte natürlich etwas Tröstliches. Warum, verstand er selbst nicht ganz. War es die Vorstellung eines kollektiven Bewusstseins? Der Anblick der Bienen beruhigte ihn, das war eine Tatsache. (Dabei war sein Verhältnis zu ihnen kein ungetrübtes: Auch wenn andere von sich sagten, dass sie die

Stiche kaum mehr wahrnahmen, oder, im Gegenteil so weit gingen zu behaupten, dass sie schon fast einer kleinen Stimulierung gleich kämen, traf keines von beiden auf ihn zu. Erst vorige Woche war sein Unterarm als Folge einer einzigen Begegnung angeschwollen und hatte sich tagelang nicht beruhigt. Die Schmerzen waren erstaunlich gewesen, und er hatte sich doppelt schwach gefühlt: War der Stich einer Winterbiene heftiger?) Oder war es eher die Idee eines sich aus dem Kollektiv erst entwickelnden Bewusstseins? Eines, das sich erst aus der Verknüpfung verschiedener Basisknotenpunkte zu einem Netz aufspannt? Doch war das andererseits nicht trivial? Einerseits wiederum das Kollektiv zur Erlangung eines Bewusstseins Vorbedingung? Das produzierte Datenkonzentrat eine Art Genpool mit eigenen Interessen, der dem der Individuen durchaus entgegenstehen konnte: eine Einheit mit eigenem Fortpflanzungswillen?

Das wirklich Beängstigende ist doch die Möglichkeit, dass absolut nichts herauskommen könnte bei der Selbstversenkung. Dass einfach nichts drin ist in diesem eigenen Selbst, nichts wenigstens, das der näheren Betrachtung wert wäre, dass man mit der dumpfen Vermutung, die man all die Jahre unter Aktivismen aller Art zu vergraben suchte, recht hatte: Da war noch nie was, da wird nichts mehr sein. Wenn der Kopf weit ist, dann weit und wüst, ein leerer Wüstenplanet, auf dem orangefarbener Sand sich zu fantastischen Verwehungsformationen anhäuft, und keine außerirdische Lebensform weit und breit, die es endlich formuliert: *I mean, what a disappointing century this has been so far.* – Tote Materie, die Urangst der Irdischen, dass im Kern das Unbehauste wohnt, das naturgemäß vollkommen Sinnfreie? Und dass man nur durch Rufen in der Wüste, das dem Pfeifen im Wald verdammt nahe kommt, versuchen könnte, ein wenig Leben ins Bild zu bringen? Er kam an dem großen Abstellplatz vorbei, auf dem ein pensionierter Trafikant Besitztümer verwahrte, Autoleichname, rostende Stahlteile unbekannter Herkunft, Rohre, Plastikfenster. Der Mensch muss asphaltieren und anhäufen, und wenn der Platz voll ist: erweitern. Warum sonst gäbe es diese Selfstorages überall? Für Hab und Gut der Delogierten, die auf bessere Zeiten hofften?

Er besuchte den Gasthof, ging hinein in der Hoffnung, dort ein wenig unbekanntem Leben zu begegnen. (Bienenstammtisch jeden ersten Montag im Monat.) Das richtige Befüllen des Rauchers zur Bienenberuhigung könnte man diskutieren, schlug er vor, bevor er feststellte, dass die Wirtin fehlte. Statt ihrer war ein junger Mann hinter der Theke zugange, den er noch nie gesehen hatte. Arsch, sagte ein nicht mehr ganz so junger Mann an einem Tisch in Barnähe, Arschhotel. Ein leicht vertrocknetes Paar lauschte staunend seinen Ausführungen über einen Urlaub in einer arabischen Küstenlandschaft. Die Gefährtin des Redners schwieg. Scheißkreditkartenfirma, führte er ins Treffen. Da sei er nun dagestanden um zwei Uhr nachts, und der Automat habe gesagt: *Try another card.* Die werden was erleben! Maximilian sah aus dem Fenster, die Kundenkönigsmasche war wider jede Anschauung offenbar nicht auszurotten, tief in den Köpfen verwurzelt, das letzte Königreich. Die Araber schon ganz ok, sagte der Redner, das Essen werde aber überschätzt.

Als Maximilian früher zahlte, als er vorgehabt hatte, war das Nebenhotel dran (auch Scheiße). Hinter den Toiletten neben der Hintertür zum Parkplatz standen leere Kanister für Kartoffel- und Rote-Rüben-Salat, und der Anblick deprimierte Maximilian derart, dass er sich, nicht zum ersten Mal, fragte, was er hier eigentlich wollte. Am Land. Und sofort sagte er sich, dass die Folge der Globalisierung schließlich sei, dass ÜBERALL die Provinz herrsche, globale Provinz, dass man ihr daher auch nicht entkommen könne, dass man hier nur ein bisschen deutlicher spürte, dass die Einöde im Kopf war und man sie stets mit sich schleppte. Die man hier vielleicht ein bisschen einzelner übertönte: Flatscreens in jedem Raum des Fertighauses, damit auch keine Tätigkeit unbegleitet (unbeobachtet) vor sich gehen möge. Alltagsroutine ist ein passabler Schutz vor dem grundsätzlichen Gefühl der Verlorenheit, deshalb gilt es, sie ständig auszufeilen und zu adaptieren, sonst zeigt die Gewöhnung zu deutlich, dass diese Oberbekleidung zu kurz ist und überhaupt zu klein, egal wie sehr man an den Rändern zieht. Für jede neue Angst eine neue Regel.

Diese Zeit, sagte Maximilian sich, ist etwas ganz Besonderes: Das Kind fertig, die Beziehung gütlich erledigt, das Haus abbezahlt, die Mutter noch kein Pflegefall, der eigene Körper noch gut am Laufen, Ausreden gelten nicht mehr. Die Mutter hatte auch nicht die Absicht, ins Schleswigsche ihrer Kindheit zurückzukehren, was logistisch für ihn wohl einigen Aufwand bedeuten würde – soweit er wusste, war sie beruflich immer noch glücklich mit dem österreichischen Immobilienmarkt verpartnert. Freier und leichter wirst du nie mehr sein? Mach was draus? Geh zu Fuß nach Timbuktu, schwimm über das Mittelmehr, in umgekehrter Richtung? (Dass der Onkel aus seiner Zeit als U-Boot-Kapitän berichtet hatte, hatte ihn begeistert.) Nimm deinen privilegierenden Erstweltrucksack mit, und du wirst schon sehen. Alles fake, die Ausgesetztheit, das Unbekannte, weil immer ein Auffangnetz, wenn du nicht gerade überfallen und verschleppt wirst. Stellen wir uns vor, sagte Maximilian auf der Landstraße unter einem europäischen Nachthimmel, der auffallend schwarz war, das Umgebungslicht der Siedlungsanhäufungen konnte nicht dagegen halten, die Stirnlampe hatte er mittlerweile immer dabei, stellen wir uns vor, Europa wird unbewohnbar, der hochmütige Kontinent produziert Flüchtlinge in rauen Mengen, die dann mit ihrer Herrenmenschenattitüde die Restwelt beglücken. Wer braucht die?

Ruth

Die letzte Einheit des Vormittags war dem Anstieg des Werts eines Koeffizienten gewidmet, der ein Maß für die Ungleichverteilung darstellte, eine Wahrscheinlichkeitshypothese der eigenen Art (die Ordnung, also die Ungleichheit, nahm zu, fast von alleine), und der prinzipiellen Bedeutung desselben für Kursentwicklungen einzelner Produkte. Also im Wesentlichen.

Ruth war immer wieder überrascht darüber, wie schnell man so in sein Schulverhalten, Vorlesungsverhalten abdriftete, auf dem bereitgestellten Schreibblock herumkritzelte, interessante Kombinationen schraffierter Quadrate herstellte (bei kariertem Papier, das wird meist zur Verfügung gestellt, darauf sieht noch die dubioseste Betrachtung wissenschaftlich gerechtfertigt aus, und trotz allem Experten-Bashing hat die Forschung als solche immer noch erheblichen Sexappeal), zu zusammenhängenden Strukturen ausbaute, Newsfeeds und Posteingänge kontrollierte. Was man eben tat, wenn man zum Zuhören verdammt in einem Konferenzraum saß. Was ja für sich genommen nicht weiter schlimm gewesen wäre, war schließlich die Rechtfertigung für ein paar Tage Luftveränderung, und auch wieder nicht, genau genommen, war doch immer die gefilterte Klimaanlagenluft, in der sich unweigerlich Reizhusten und tränende Augen einstellten. Kühlvorrichtungen, die das innerhäusige Leben unter den veränderten klimatischen Bedingungen angenehmer machen sollten, dieselben aber gleichzeitig verschärften. Manche strichen in ihren Ausdrucken herum oder gleich am Bildschirm, andere stellten auf Aufnahme – das Nachhören allerdings, dachte Ruth, war ohnehin nur ein Arbeitsvorhaben, für das man niemals wieder die Zeit haben würde. Sie schüttelte den Kopf über den leisen Kater, der allmählich abklang, nicht zuletzt dank chemischer Waffen, taktisch eingesetzt. Du lernst es wohl nie. Immer der dritte Tag, der Konferenzabsturztag, man säuft sich die Kollegen schön. Schön und interessant und tiefgründig, und am Ende glaubt man sogar daran.

Ist ja eigentlich eh ganz nett, schätzt man, nur um nach Vollendigung dieses heftigen Akts, in dem all die aufgestaute Brutalität sich entladen hatte, leicht betreten in das eigene Zimmer zu verschwinden. Praktischerweise waren ja meist alle Teilnehmenden im selben Hotel untergebracht oder höchstens in einigen benachbarten Komplexen, von denen sie dachte, dass es wohl unterirdische Verbindungsgänge geben müsste, ein unsichtbares Versorgungsnetz: Sie waren in Klausur, in Einzelzellen, regelmäßige gemeinsame Nahrungsaufnahme und Gottesdienste inklusive, Bußübungen im Fitnessraum in den frühen Morgenstunden oder nach dem Abendessen vor den kleineren informelleren Runden, auf die es ankam. Und ein Schweigegelübde: Dieses verschwörerisch vorausgesetzte Überlegenheitsgefühl, Teil einer Kaste zu sein, die obenauf schwamm wie die Fettaugen auf der Suppe.

Dass man als Frau früher oder später dafür zahlen würde, wenn man lebte wie ein Mann, noch dazu wie einer von diesen emotional kastrierten Egomanen: geschenkt. Den richtigen Zeitpunkt zum Aufhören durfte man nicht verpassen, und noch hatte sie Zeit.

Dass sie im Landeanflug plötzlich ein Bild gesehen hatte, das so überzeugend real gewesen war, Manhattan auf einem Tablett präsentiert, das sich plötzlich auf einer Seite aufzurollen begann wie ein Blatt Papier, das auf dem Wasser trieb und sich nun langsam vollsog. Sie hatte sich gefragt, was darunter wohl zum Vorschein kommen würde. Sardinen, hatte sie gedacht, in Reih und Glied und Öl im Tod vereint.

Bürgermeisterin

Auf dem Schreibtisch im Bürgermeisterinnenbüro stand eine Lampe, an der Lampe hing ein Lebkuchenherz, dessen rustikale Mitte mittlerweile so hart geworden war, dass man sie vermutlich mit einem Hammerschlag zu Staub hätte zertrümmern können. Auf dem Aktenschrank mit Rollladenschiebetür thronte eine hölzerne Uhr, aus der zu jeder vollen Stunde ein Trachtenpärchen hervorkam, sich um die eigene Achse drehte und wieder verschwand. Das Objekt war geschickt so platziert worden, dass die Figuren die Sitzecke im hinteren Raumteil wunderbar im Auge behalten konnten, und Susi richtete die meisten Besprechungen so ein, dass ein Auftritt des Pärchens an ihrem Anfang stand, was die Stimmung löste und meist auf freudige Zustimmung stieß, die die Bürgermeisterin mit dem Hinweis, es sei ihr leider noch immer nicht gelungen, das leidige Nachgehen der Uhr zu beheben, für den Gesprächseintritt verwenden konnte: Es kam immer gut an, wenn man lässliche Schwächen lächelnd eingestehen konnte, und was schmeichelte einer bürgerlichen Politikerin, als die sie sich trotz aller Unterstützung durch gewisse, nun, rechtskonservative Kreise verstand, mehr als das Eingeständnis, nichts von Technik zu verstehen?

(Irgendjemand, sie erinnerte sich, hatte es besonders lustig gefunden, in der Burgruine nicht nur einen Pranger, sondern auch eine Guillotine aufzustellen. Ist aber immerhin Grenzland hier, das seine Unruhe in Buckeln und Pfützen ausformt.)

Ein Vertreter des Vereins zur Pflege autochthoner Nutzpflanzensorten hatte sich angesagt und wollte etwas zum Thema Imkerei mit ihr besprechen, sie hatte den Verdacht, dass er gar kein konkretes Anliegen hatte, einer von den Zeitfressern war, die Aufmerksamkeit aufsaugten wie ausgetrocknete Erde den Regen. Sie hatte das Fenster geöffnet, am Hauptplatz verkündeten zwei zerknautschte ältere Herren zum Klang der Hammondorgel einer gewissen Veronika, nein, nicht, dass der Lenz da sei. *I bleib heit Nocht bei dia*, drohte der eine, der zweite legte nach: *bis morgen in der Fria*. Herbstjahrmarkt, man konnte nicht mehr lüften. Falada, sang die Bürgermeisterin, drei Silben formten eine leichtfüßige Kadenz, die fallbeilschnell beschleunigte.

Maximilian

Wirkliche Autonomie, dachte Maximilian, müsste wohl darin bestehen, sich mit dem Hirn zu begnügen, auf das Hirn zurückzuziehen, so eine in Nährlösung schwimmende Bewusstseinseinheit, wohltemperiert. Doch auch wieder falsch, denn ich bin schließlich mein Körper ebenso wie mein Gehirn. Was tue ich also mit meiner Zeit, wenn ich keine Ausreden mehr habe? Wenn ich allein bin mit mir und meinem Denken und mich nichts auf der Welt mehr davon abhalten könnte, mich zu konzentrieren? Und ich schaffe es trotzdem nicht, ich schweife ab und verzettle mich und versuche unzählige potentielle Anfänge und habe doch für keinen Weg die Kraft? Was sollte denn dabei herauskommen als ein fruchtloses Rotieren um mich selbst? Schaumschlägerei?

Die Hühner, kurzer Blick zum Nachbarhaus (neoklassizistisch, säulengeschmückt in der Anmutung einer römischen Villa). Im Wintergarten beendete die Nachbarin gerade eine Übungseinheit mit dem Sonnengruß, entließ den Körper aus der vorgegebenen Position, streckte sich, bemerkte ihn und winkte. Die dominante Dame, die ihm gestern geschrieben hatte, sagte, sie wünsche sich nichts mehr, als in männlicher Begleitung die Highlands zu sehen und beim Aufstieg auf einen kahlen Gipfel im Schlamm stecken zu bleiben. (Schaurig ist's.) Sei eine sexuelle Fixierung, ob er das erregend finde (kratziger Wollstoff auf nackter Haut)? Er wusste, dass Jackie meist um diese Zeit ihr Yoga machte, er hätte vermuten können, er habe absichtlich den Blickkontakt gesucht. Aber wozu? Um sich zu versichern, dass draußen auch noch Menschen waren? Mit Jackie war auszukommen, Alfons ertrug er weniger. Im Wirtshaus hatte er gehört, sie hätten ein Kind verloren. Eine Tochter. Sei in den Wald gegangen und habe sich erschossen. Und zwischen den beiden laufe seither nichts mehr. Was man halt so weiß. Im Nebeneinanderleben bestens eingelebt, in der Trennung, für die Zäune essentiell waren und Carports als repräsentative Vorposten. Hinter dem größten Getue verschanzt sich doch nur so ein einsames Ich, das nach Anerkennung süchtig ist. Er ging in Richtung des Waldes.

Die Bienen lebten dagegen zusammen, und sie lebten in Schichten. Zehn fast zweidimensionale Schnitte durch den Stock in Form der in den Rahmen gespannten Wabenflächen. Wabenbauanleitungen, die die Bienen gerne nutzten. In der Mitte die Nestzellen. Dann die Honigzellen, die Pollenzellen. Weiter außen die erst auszubauenden Wachswände der Zellen. Die Bienen, die es friedlich mit sich geschehen lassen, samt den Zargen aus dem Stock gehoben zu werden, seltsam. Das konnte man tatsächlich mit den bloßen Händen machen, mit etwas Übung. Er streifte den Blick des einsam Gekreuzigten an einem Feldweg: Was tust du hier? (Und was sollte er mit all den Eiern machen? Das mit dem Selbstbedienungsregal war, wie gesagt, so eine Sache.) Die Hühner hinterließen überall ihren Dreck, vielleicht sollte man sie doch einzäunen? Die Nachbarin sagte, Hühner mochten das nicht ungern.

Zurück im Vorzimmer hinterließ er Erdspuren: Er war zu faul, den Staubsauger zu holen, nahm Besen und Schaufel und kehrte sorgfältig, nachdem er die Schuhe, in Socken an der Türschwelle stehend, gründlich gegeneinandergeschlagen hatte, bis die Profilrillen halbwegs sauber waren: Er bearbeitete gründlich ein vorgegebenes Feld, entsorgte, fuhr am Nachbarfeld fort, Bahn für Bahn mit der rasch gealterten, kurzstieligen Bürste, nur um zu bemerken, dass die trockenen Lehmkrümel über den Schaufelrand flogen, er erweiterte das Feld erneut, stieß beim Aufrichten gegen den Kleiderständer, verstreute den aufgesammelten Dreck, ging frustriert zur Abstellkammer und holte den Staubsauger aus seinem Nest: So wird das nie was mit dem neuen Leben.

Er musste noch einkaufen. Der Supermarkt gute sechs Kilometer entfernt, das war ein Nachteil an der Wohnlage. Vor dem Autobahnzubringer hatte sich eine haufenförmige Einkaufszone entwickelt. (Lebt man in der Großstadt, freut man sich an der eigenen Gelassenheit. Gewöhnt man sich an die Anspannung, die latente Gewalt, die nun mal in den Menschen ist und zu Alltagseruptionen führt, sodass man sich nicht wunderte, wenn einer eine vor die U-Bahn wirft, weil man das sogar erwartet und irgendwo in sich ganz stolz drauf ist, dass man es nicht selbst ist, weder noch, und darauf, dass diese Aussicht nichts Erschütterndes an sich hat, man ist ja kein Landei. Und statistisch gesehen sowieso irrelevant.) Doch dass man hier nichts, aber schon gar nichts zu Fuß erledigte, war ihm bewusst gewesen. In Gummistiefeln!, hatte Mylady noch hinzugefügt. War das Einsamkeit?

Auf dem Dorf, dachte Maximilian, beginnt man sich zu hüten vor allem, das aus der Routine herausstechen könnte, schnell schleicht sich das ein, man bekommt Angst vor dem Ungewohnten, dem Fremden – ein paar Menschen mit Fluchthintergrund gab es schon (der Pfarrer!, doch der sagte auch, sie seien gar nicht fremd). Umso mehr fürchtet man das Fremde, je weniger davon vorhanden ist, und das ist naturgemäß der Fall, wenn man glaubt, alles überschauen zu können und zu kennen. Der Horizont rückt näher, der Ring legt sich enger um den Brustkorb.

Manchmal erwachte Maximilian mitten in der Nacht und wollte sich der Gegenwart eines anderen Menschen versichern, erwartete Sophies aufgerichtete Schulter neben sich, nach der er greifen konnte, und griff ins Leere, in eine Leere, die dafür von ihm Besitz ergriff. Dass einem das bloße Fehlen der Körperwärme so zusetzen konnte! Die Trennung, eine, da waren sie sich einig gewesen, Vernunftsache nach all den Zermürbungen, war erstaunlich glimpflich verlaufen. Allein das hatte ihn schon erleichtert, und die Vorstellung, sich nicht mehr rechtfertigen zu müssen für Auffassungsunterschiede in Fragen alltäglicher Kleinigkeiten, hatte ihn beruhigt. Beruhigte ihn immer noch. Doch dass man in einen Raum hineinsprach, der hohl hallte, ohne je zu antworten, und sei es damit, dass die Nachbarn sich über das über den Zaun fallende Fremdlaub beschwerten, in aller Freundschaft, war hart. Man dreht durch, hatte eine Freundin Sophies gesagt, die schon länger allein lebte. Er weigerte sich, das zu glauben. Jeden Tag ein Satz, das war etwas, das helfen konnte. Ein Satz zum Memorieren.

Bürgermeisterin: Maximilian

Die Blutwitze, das musste einfach sein. Blut an Blut und Saft an Saft, sagte die Bürgermeisterin, die im Zivilberuf Wirtin war, und zwar die eines Wirtshauses im Nachbarort, komplizierte Sache, aber auch gar nicht so sehr, denn alles ein Verwaltungsbezirk. Das hatte auch den Vorteil, dass Alfons sie auf diese Weise näher kennenlernen konnte, ohne allzu sehr aufzufallen: Ins Wirtshaus gingen schließlich alle, und seit er unter die Großunternehmer gegangen war, musste er sein Image pflegen. (Dass eigentlich nur seine Frau Kredit- und Großunternehmerin geworden war, dass er selbst nur als Verwalter und geschäftsführender Bauaufseher tätig war und dass mit der formellen Bauleitung der Vater seiner Frau betraut werden musste, der allerdings schon an die achtzig und immer weniger dem Praktischen zugeneigt war, zum Glück, konnte man sagen, musste schließlich niemand wissen.) Da Alfons sich nun in die Riege der Platzhirsche eingereiht hatte, empfand man es als einen Akt der Nahbarkeit, wenn er sich regelmäßig unter Leuten zeigte, Jackie begrüßte das durchaus. Und dass er dort zu seinem Fleisch kam, das sie zuhause aus Umwelt- und Gesundheitsgründen kaum mehr essen mochte, war ihr durchaus recht:

Was ich nicht weiß und so, *eh scho wissen*, sagte sie.

Es war durchaus nicht so, dass Maximilian sie absichtlich belauscht hätte, es war nur einfach einer dieser Tage, an denen er es im Bungalow mit sich selbst nicht mehr aushielt. Er hatte das Fahrrad genommen – auch das eine Provokation, auch schon egal, Freak bleibt Freak, damit hatte er sich abgefunden –, er sagte sich, dass er die 4,2 Kilometer dann zumindest schweißtreibend hinter sich brachte, und Bewegung, das war ein Faktum, hielt ihn innerlich zusammen. Maximilian näherte sich gerade der Bar, um zu bestellen, da keine Bedienungsfachkraft zu sehen war und er der Wirtin seinen guten Willen zeigen wollte, indem er ihr einen Weg ersparte, auch wenn er im Hinterkopf wusste, dass ihm das nichts half, dass es vielleicht sogar zielführender gewesen wäre, ihr den Gang zu seinem Tisch abzunötigen. Kleine Demütigungen erzeugen Unterwerfungswillen. Doch er hatte einfach das Bedürfnis gehabt, zur Bar zu gehen, dorthin, wo er sich eine gewisse Menschendichte erhoffte und wo sie eben gerade im Gespräch mit Alfons stand, der ein Bein vom Hockerring, eines vom Laminatboden abstemmte, und da sagte sie das mit dem Blut, und das Lächeln, das sie Maximilian schenkte, war, das musste man ihr lassen, von höchster Professionalität.

Er beeilte sich, zu seinem Tisch zurückzukehren, wobei er darüber nachdachte, ob es sich bei der Wirtin um eine der lokalen Esoterikerinnen handelte, die eine noch lokalere Muttergöttin anbeteten und in hellen Nächten Heilungszaubersprüche aufsagten. Half nichts, zwei Minuten später stand Alfons vor ihm und lud ihn zu sich ein, zum Tisch vor dem Kachelofen, er schlug zögerlich die Speisekarte zu und malte sich die *Schwimmenden Inseln* aus, stellte sich ein Meer aus Vanillesauce mit Eischaumbergen vor, gelbweiß wie ein schwedisches Sommerhaus. Er folgte Alfons und setzte sich zu ihm, wobei er sich vorgeführt fühlte, in die Falle gegangen, sie prosteten einander zu, rechts an links, was Alfons wieder einmal dazu brachte, Maximilians Linkshändigkeit zu kommentieren, zugegeben, er hätte sich auch der Rechten bedienen können, um Aufsehen zu vermeiden. Und dann: Wozu war er denn da, wenn nicht, um ein bisschen Gesellschaft zu haben, mit anderen ins Gespräch zu kommen und zu erfahren, was sie so umtrieb, und seien es so kleine Absonderlichkeiten wie die seinen (linkshändig radfahren!). Eben, sagte er und nahm einen großen Schluck. Wobei dies nahtlos zu weiterreichenden Erörterungen des Problems der Radfahrer im Straßenverkehr Anlass bot: bei Regen eine Katastrophe, alles steht dann wegen denen, wurde konstatiert, das Argument fand einhellige Zustimmung. Ein Bier erlaubte er sich, wenn er mit dem Rad unterwegs war, manchmal danach noch ein halbes, ein Frauenbier, sagten die anderen, vor allem die Frauen. Beim Auto war er strikt, seltsam. Musste auf irgendeinen frühjugendlichen Schock zurückzuführen sein.

Was er denn nun von dem neuen Projekt halte, fragte ihn Alfons, und Maximilian, auf der Hut, beeilte sich, prinzipiell nur das Allgemeinste zu sagen und es dabei so wohlklingend zu formulieren, dass man keine, aber auch gar keine Kritik darin aufspüren konnte (lieber Beobachterposten). Wenn sie das mit dem Umweltprüfungsverfahren tatsächlich so hinkriegten – die Genehmigung automatisch durch, wenn sich das Verfahren zu lange hinzieht, und das passiert ja bei der hiesigen Bürokratie unweigerlich. Man grinste einvernehmlich, auch die beiden anderen am Tisch, die örtliche Trafikantin, eine rotgefärbte, hagere, strikte Exraucherin (fünfzehn Jahre, und du kannst dir gar nicht denken, wann ich angefangen habe, aber alles wieder sauber!, sie schlug sich auf den Brustkorb, der knöchern knirschte) mit Nasenpiercing und einem Sohn, dessen Trägheit in lebhaftem Gegensatz zur Mutter stand und der den Betrieb dereinst übernehmen sollte, ein Vorgang, der zwar streng genommen nach einer Neuausschreibung verlangte, aber man habe da Grund zur Hoffnung. Na dann, sagte Maximilian etwas einfallslos. (Später würde ihm Alfons erzählen, wer der Vater, ob überhaupt bekannt und was mit ihren Eltern und warum und wieso, Maximilian freute sich schon darauf, noch war er dabei, sich einen Plan der Gegend anzufertigen.) Am Nebentisch diskutierte die Kameradschaftsbundjugend, eindeutig an ihrem Fähnchen zu identifizieren – erstaunlich, dachte Maximilian, was für eine Verjüngung da stattgefunden haben musste –, ob sie bei einem allfälligen Besuch des Präsidenten in Tracht auftreten sollten. Alter Kriegsgegner, darf man nicht vergessen. Andererseits hätten sich die Zeiten geändert. Darauf tranken sie dann. Maximilian fragte sich, ob er richtig gehört hatte, und stellte fest, dass ihm einige der Gesichter bekannt vorkamen. Ein neuer Tischnachbar – Mitte dreißig, roter Bart und Tattoos - kam gerade von einer intensiven Sitzung über seinem Jahressteuerabschlussbericht, wie er im breitesten Dialekt berichtete: Einnahmen/Ausgaben, wobei er erstere durch den Verkauf von Schweinen nach Italien aufgefettet hatte, die dann irgendwann als Prosciutto di Parma enden würden. Aber er lieferte schließlich Qualität, auch wenn die Gülle immer wieder Probleme machte.

Die Bürgermeisterin kam vorbei und mischte sich ein: Dass das von ihrem Parteivorsitzenden vorgeschlagene LKW-Fahrverbot für Nichtautochthone doch endlich einmal eine wirklich zupackende und gerechtfertigte Vorsichtsmaßnahme sei. Man müsse denen ja nicht auch noch das Werkzeug liefern. *Mohr im Hemd,* sagte der Nachbar zur Wirtin, die die Beststellung mit einem Kopfnicken zur Kenntnis nahm. Die Trafikantin zog die Schultern hoch und meinte, dass sie noch nie gehört habe, dass ein Attentäter nach der Gesetzeskonformität seiner Handlung gefragt habe. Dann hob sie das Schnapsglas, das die Wirtin vor sie wie vor alle in der Runde hingestellt hatte, auf's Haus, und die Sache ging im zustimmendem Klackern der dickwandigen Gläser unter. Der Itaker hat uns verraten, sagte der Nebentisch.

Ruth

Am Abend gönnte sie sich einen kuttenfreien Ausgang, warf sich in ihr buntestes Outfit und ging tanzen. Die Art, wie Geschäftskleidung Erhabenheit über den Stoffwechselprozess suggerieren soll, immer wieder erstaunlich, dachte sie, während sich Schweißflecken ausbreiteten, die sich je nach dominierender Lichtfrequenz mehr oder weniger deutlich vom Trägermaterial abzeichneten. Warum gefällt mir das, fragte sie, während ein Typ in einem gelben – doch wie sollte man das mit Sicherheit sagen? – Nickipullover versuchte, ihre Aufmerksamkeit auf sich zu ziehen: nicht unattraktiv, dunkelhaarig, Brille, Mitte dreißig. Warum mag ich das so, hier den Obermacho zu geben?, fragte sich Ruth. Als ob ich je an diese Erfolgsreligion geglaubt hätte, nein, hast du nicht? Nein. Dass ich nicht lache, du spielst nur? Genau. Man muss die Regeln beherrschen, um sie zu brechen. Blabla, sagte Ruth. What?, schrie der Mann durch die dichte Wand aus Sound. Bei genauerer Betrachtung wohl eher Ende dreißig. Keine gute Idee.

Und Sex: Er hatte immer gedacht, dass der ihm nicht so wichtig wäre. Wer sagt denn, dass man sich davon dominieren lassen muss? Dass Männer diesem Bedürfnis gegenüber vollkommen hilflos seien, Opfer ihrer eigenen Instinkte, dämliche Herdentiere? Essen, Sport, Lesen, Arbeiten, Schlaf, was braucht man mehr? Ein paar Sozialkontakte. Ja, das beiläufige Reden in einem selbstverständlich strukturierten Tagesablauf fehlte ihm. Dass man einfach aussprechen konnte, was einem grade so durch den Kopf ging, bei der Nahrungsaufnahme zum Beispiel, ohne dass das Sprechen selbst schon wieder ein Akt der Kontaktaufnahme war, den man vorsichtig gewichten musste.

Wörter, die er nicht verstand, ärgerten ihn. Vom Rhizom des Schachtelhalms hatte er gelesen. Je schlichter die Struktur, desto zählebiger die Pflanze. Er könnte das Wort auch als neues annehmen und in seinen Sprachgebrauch eingliedern: Da komme ich neulich an einem Rhizom vorbei. Der Halm steht im Wasser. Eine Insektenlarvenhülle flattert im Wind. Auch schon eine Zeit her. Immer wieder derselbe Weg, dessen Wegmarken ihm überzeitlich schienen, sie hatten Knospen und Früchte und mattes Laub und darunter den neuen Knospenansatz, noch bevor der Winter begann. Warum dieses Risiko? Um dann die Ersten zu sein? Es war verflucht kalt, und er fragte sich, wo der Klimawandel bliebe, wenn man ihn mal wirklich bräuchte (die Frühblüher hatten bereits ausgetrieben, dabei war immer noch Herbst, und nun musste man befürchten, dass sie abfroren). Wie anders sah das ins Netz gestellt aus als nebenbei ausgesprochen in Form einer kleinen Bemerkung (selbstironisch, versteht sich, verständnisheischend) vor dem gemeinsam zu bewältigenden Schmutzgeschirr? Ruth hatte er einmal gefragt, wie es ihr damit gehe, niemanden daheim zu haben, sie war, soweit er wusste, derzeit in keiner festen Beziehung. Seine Tochter hatte ratlos und mit diesem Ausdruck leichter Missbilligung, der ihn reproduzierbar provozierte, die Augenbrauen hochgezogen.

Dass er durchaus einem Herzinfarkt entgangen sein könnte, dachte er plötzlich. Erst letzte Woche hatte er vom Tod eines Schulfreundes erfahren, aber was heißt schon Freund? Die Schicksalsgemeinschaft aufgrund etwas so Banalem wie dem gleichzeitigen Schulbesuch taugt als Basis einer Freundschaft? Die Nachlässigkeiten im Umgang mit dem eigenen Körper – und der ist schließlich alles, was du bist –, akkumulierte sich irgendwann, und dieser Zeitpunkt war ziemlich genau jetzt erreicht, zumindest bei Männern, Frauen schienen tatsächlich ein wenig zäher zu sein. Karls Infarkt, nach dem Frühstück, im Kreise seiner Familie, wie die Karte vermerkt hatte, hatte ihn eigenartig kalt gelassen. Wie kann das sein? Bewegt man sich irgendwann nur mehr um sich selbst? Ist man dann zu keinen Emotionen mehr fähig, die etwas anderes als das eigene Wohlbefinden zum Gegenstand haben? Die Stimme der Witwe am Telefon völlig ohne Tiefe, ausgedünnt, er schwieg und dachte daran, was er über den Entstehungsprozess von Mooren gelernt hatte: Die Produktion organischer Substanz übertrifft den Verlust durch Abbau, unter Luftabschluss will das nichts Rechtes werden mit dem Zerfall, die Pflanzenleichen sinken ganz unzersetzt zu Boden und bilden Torf. Menschen auch, nur die Frage, ob auch aus ihnen Torf würde, blieb für den Augenblick ungeklärt. Er war froh gewesen, das Gespräch anständig zu Ende zu bringen.

Eine in klarer Sonne sich räkelnde Frau, nur mit Bienen bedeckt – mit einem Bienenkörper bekleidet, den man schließlich nur als Ganzes verstehen könne: Ein Bienensonnentanz mit muttergöttlichem Oberton? Das, dachte Maximilian über einer der ungefragt zugestellten Gazetten am Klo, war endlich einmal eine sexuelle Phantasie, die derjenigen der Schlammfixierten mit der Gummistiefelvorliebe würdig wäre. Ist Angstkitzel automatisch erregend? Einer der renommiertesten Forscher auf diesem Gebiet, sagte die Bildunterschrift, habe das Bienenvolk ehrenhalber, nein, nicht zum Mann, sondern zum Säugetier erklärt. Schon ein Schritt. Er müsste der Gummistiefelfrau wieder schreiben und ein paar prinzipielle Fragen erörtern, zu denen sie bestimmt auch eine interessante Meinung haben würde. Ist das Wesen der Prostitution die Auseinandersetzung mit den Realitäten des Vertragswesens? Werden dabei ebenso Bindungshormone freigesetzt wie bei einem nichtkommerziellen Austausch? Hat das Finanzielle Auswirkungen auf den Hormonhaushalt?

Gummistiefel

Ich sage jetzt mal ICH, sagte die Texterin und meinte wirklich sich, das Ich-Sagen anstelle anderer war ihr so vertraut, dass sie den Ichverlust schon kommen sah und deswegen ein bisschen übte: Ich rede jetzt mal Klartext. Das hat aber auch gedauert, nicht mal die simpelsten und offensichtlichsten Einsichten durfte man wiedergeben, nichts da, immer schön unter der Decke halten, die ich jetzt lüfte! Ich meine, ich bin durchaus eine subtile Person, es ist nicht so, dass mich die schlichten Gemüter anziehen würden, ganz und gar nicht, aber dann: Kann doch nicht sein, dass das einzige, was für Sprachlosigkeit sorgt, das klare Sprechen ist. Jetzt sagt mal endlich einer: Weiß ist weiß und schwarz ist schwarz und nicht-weiß, und damit basta. Und dass anscheinend die Demokratie nicht die beste aller Einrichtungen ist, denn die dümmsten Kälber, Sie wissen schon, und schon wird die Welt von den Allerdümmsten regiert.

Das Lob der Schlichtheit ist wiederum nicht das Dümmste, das verstehe ich auch erst jetzt. Denn auf der untersten Stufe, unterirdisch, wohnen die Unterirdischen, die Unberührbaren, denen ich die ganze Klassentrennung hier verkaufen muss, und es geht, wer wollte zweifeln?, alles geht.

Ich höre jetzt auf mich, das war auch so eine Forderung an mich wie an alle, seit ich mich erinnern kann: Spür in dich hinein!, und was finde ich dort? Den Wunsch, an der Tischmitte zu sitzen, was sonst, und das geht so: Wo ich sitze, ist die Tischmitte. Der nächste Schritt ist leicht, die anderen dazu zu bringen, dass sie dich dorthin tragen, zur Tischmitte, und dazu gilt es, die Eitelkeiten zu erkennen. Bescheiden zu tun, den Kopf zur Seite zu wenden, zu schmeicheln und hineinzudreschen, wenn's darauf ankommt. Wer sagt denn, dass nur eine bestimmte Sorte Mann brutal sein kann? Ich habe, wie jedes gesunde Immunsystem, durchaus Tötungsfantasien.

Ich weiß auch, dass die Risse im Boden, die ein sehr heißer Sommer zurückgelassen hat, sich im November schneller mit Wasser füllen, als man zusehen kann. Dass sich die Stiefel drin verkeilen. Dass ich mich mit dem Fuß dem Unterdruck nicht entziehen kann, das schnalzende Geräusch entspricht in etwa dem eines Gummistöpsels beim Abflussreinigen. Dass das lange Gras büschelweise niedergedrückt am Grund klebt. Dass es sich auf den Schäften wunderbar abrutschen lässt. Man müsste das Opfer bei seiner Eitelkeit packen, geschenkt, die Eitelkeit ist ja das einzige, was beim Menschen immer und überall funktioniert: Nur den einen Schritt noch, den finalen, an dem die Waghalsigsten bisher gescheitert sind, den wird er doch noch schaffen.

Maximilian

Er hatte sich immer als einen sanften Menschen betrachtet. Umso mehr wunderte er sich darüber, wie ungerührt er dem Verenden der Bienen zusehen konnte, dem Zerfall der toten Körper, die aus dem Stock befördert wurden. Andererseits war er durchaus im Stande, sich über Sentimentalität zu ärgern. Darüber dachte er nach, als er beim Joggen versehentlich ein Netz zerstört hatte. Spinnen töten durchaus nicht so grausam, wie es ihrem Ruf entspricht. Sie betäuben ihre Beute und lassen sie verdursten. Man sehe sich einmal an, wie ein Raubvogel einen kleineren zerstört! Dennoch identifiziert man sich gerne mit Raubvögeln. Mit einer Vorstellung humaneren Tötens kann das nichts zu tun haben, es fragt sich überhaupt, was humanes Töten sein soll. Könnte. Ein Stich, ein langsames Hinüberdämmern: nicht das Schlechteste. Das denkt ein postmodern Sterblicher, dachte Maximilian, der keine Idee mehr hat von einer sinnvollen Vorbereitung auf den Tod: der stattdessen das plötzliche, kontextlose Sterben will, freigewählte Verdummung. Dabei war die Vorbereitung auf den Tod schließlich einmal der entscheidende Aspekt für einen Christenmenschen. Im Stand der Gnade sterben, auf dass man ins Paradies komme, war das Ziel. Doch wer glaubt noch an Gnade?

Als er Richtung Moor abbog, sah er eine Gestalt auf der Bank sitzen, abgewandt, jung, schmal, sehnig, dunkelhäutig, Kurzhaarschnitt, Geschlecht von hinten schwer abzuschätzen. Er wartete darauf, das Gesicht der Person zu sehen, doch sie drehte sich nicht um, als habe sie ihn nicht bemerkt. Er lief weiter: Dass das Leben nun, da er sich nicht mehr vormachte, unsterblich zu sein, doch intensiver erfahrbarer sein müsste, inhaltsreicher, voller. Nichts von dem. Stattdessen schien ihn die eigene Unerheblichkeit niederzudrücken, ein Leben für wenig mehr als das Aufrechterhalten des eigenen Stoffwechsels: das Geldheranschaffen zum Zweck des Einkaufens zum Zweck des Ernährens und Ausscheidens, des Wärmens und Behausens und überhaupt des Schutzes vor der Witterung, dabei jedoch leider der Schutz vor der Zeit, vor den zellulären Selbstzerstörungsmechanismen noch nicht aufgefunden, zu blöd aber auch, diese Existenz zum alleinigen Zweck der Aufrechterhaltung der Existenz, sinnfrei. Und das einzige, was in einer solchen – was eigentlich? –Sinnkrise half, war Sport, zumindest kurzfristig, er täuschte ein wenig Verbesserung vor. Ein flüchtiger Silberstreif. Sport als Kampf gegen die Bedeutungslosigkeit: Wenigstens hast du ein paar Runden absolviert, die Muskeln vorbereitet, auf welche Herausforderung auch immer, allerwenigstens ausreichend stimuliert, dass das Hirn aktiv werden kann – und was passiert? Nichts. Das Hirn schläft so vor sich hin, das kann absorbieren, das schon, doch die Eindrücke hinterlassen keine tieferen Assoziationsspuren, die zu irgendwas Nennenswertem führen würden. Nichts erlebt: nichts zu erkennen? Zu gut gelebt, zu behütet und betreut, als dass sich ein Gedanke formen könnte, der über ein langweiliges Mittelklasseleben hinausreichen könnte? (Dann: Wen würde das ewige Leben eines ewig Unbedeutenden auch interessieren, wer hätte etwas davon? Prostitution sei einfach eine Dienstleistung wie andere auch, wenn auch mit etwas höherem Einsatz, hatte ihm seine Briefpartnerin auf die Frage geantwortet. Was die Frage solle? Ob er das Bedürfnis nach Rechtfertigung habe? Nein, hatte er erwidert, er habe nur grundsätzlich nachdenken wollen. Dann war die Sache eingeschlafen.)

Wenn man jung ist, ja, dann denkt man vielleicht über die Abgründe der Sexualität nach, die so verlockend scheinen, hält die eigenen Sexualorgane für den Nabel oder eher die Nabe der Welt und Pornographie für Realität und macht was draus. Aber später? Er könnte eine Eloge auf den einfachen Angestellten mit höherer Ausbildung halten und zwar vor dem an den Haaren herbeigezogenen Hintergrund der in Rahmen und Kasten dreidimensional gerasterten Struktur einer domestizierten Bienenkolonie. Fände er Tiefe? Und überhaupt: Der Bienenstock als Modell für eine menschliche Gesellschaft, gab es was Abgeschmackteres? Das Einzelwohl werde dem Wohl der Gemeinschaft untergeordnet, hieß es, als ob die Tiere ihre Situation reflektieren könnten. Und das Ganze nennt sich auch noch Volk? Autochthon und einheimisch dazu, das intellektuelle Habitat der reichsbürgerlichen Selbstversorger. Bei genauerem Nachdenken ist es auch wenig überraschend, dass die Bioszene plötzlich von Rechten infiltriert wird, dass da Linksaußen und Rechtsaußen hintenrum wieder zusammenkommen. Dann dachte er noch, dass auch das schon hunderte Male gedacht worden sein musste und dass nichts, aber auch wirklich gar nichts an ihm originell sei. Und dann auch noch der Barfußtick dieser Reichsbürgerlichen: An ihren Füßen sollt ihr sie erkennen! Auch das hatten sie - in einer wenig untersuchten Form von kultureller Aneignung - den Barfußgängern seiner Jugendzeit gestohlen, die sich wohl eher als links-anarchisch in der Jesus-Nachfolge bezeichnet hätten, hätte man sie gefragt.

Er stolperte über eine Wurzel, ruderte mit allen vier Armen: Das hatte er geträumt, dass er vier Arme hatte, blöderweise hatte er sich zwei davon durch das ungeschickte Hantieren mit einem Sportbumerang wieder abgeschnitten – äußerst scharfkantig, mindestens Bondqualität –, und jetzt baumelten die Stümpfe, von denen einer sich am Ende schwarz verfärbte, vor seinem Körper herum, als hätte er einen seltsam geformten Hängebusen. Er sprach sich Trost zu, in dem er sich sagte, dass der Rest der Menschheit ebenfalls nur zwei Arme habe, so wie er nun eben auch, und versuchte verstohlen, das zu überprüfen: Aber die anderen hatten alle zwei auf jeder Seite, die Seit' an Seit' aus seiner Schulter wuchsen. Dass mir das noch nicht früher aufgefallen ist, dachte er und wunderte sich, wie sie das mit den Ärmeln machten. Und tatsächlich gab es beide Varianten, manche steckten beide Arme in einen Hemdsärmel, andere hatten zwei parallele Stoffröhren auf jeder Seite. Er war also, das musste er feststellen, vergleichsweise schon mit zwei Armen gehandicapt. Den Sportbumerang trug er immer noch vor sich her.

Bürgermeisterin

Ein Ganzes wird die Unternehmung erst durch die Summe ihrer Teile, auch wenn die bekanntermaßen weniger ist als das Ganze, das ist schließlich ganzheitliches Mainstreamwissen, angesichts dessen jederzeit und ungefragt rechts abgebogen werden darf. Das Ausscheren von abgetretenen Pfaden, das Abkürzen und Verlängern und Verzieren (Ablängern und Zierkürzen und Verzüchten) durch nagelneu angelegte Trampelpfade, die doch immer wieder in Vergangenes führen, erobert Neuland, das wiederum altbekanntes Altland ist, wie soll man sich da noch auskennen. Ach, wie schön war das doch damals in der Nachmittagssonne des 20. Jahrhunderts, als noch kein Abgäslein das Einvernehmen trüben konnte, das gedeihliche Miteinander, das Wirken und Werken an einer zukünftigen Herrlichkeit, in der freie Bienen und noch freiere Bürger einander umsummten. Als versierte Fahrzeughalter die Zügel nach wohlverdienter Arbeit unter Bäumen rasten ließen, und die paar Steigbügelhalterinnen im Grünen auch noch ihr Auslangen fanden.

Ungefähr dergestalt schlich sich die Lektüre der Impulsschrift des Imkereiverbandes Nord in den Mittagsschlaf, nein den Tagesabschnittspowernap der Bürgermeisterin, die zu diesem Zweck die

Sitzgruppe zweckentfremdete, Quality Time mit sich selbst genoss und dabei die Gardinen offenließ. Der Winkel neben dem Fenster war so gut wie uneinsehbar und unverhüllte Fenster verhießen nichts als Transparenz und holten das Publikum dort ab, wo es stand: notfalls im Regen.

Keine Frage, das Werk war umfangreich und drückte sich nicht um die wichtigen Fragen herum. (Der wertvollste Rohstoff war natürlich der, der aus Larven durch bloßes Zufüttern Königinnen macht, wobei andererseits, wie das Manifest zu bedenken gab, der Name eigentlich irreführend sei, da die Königin ein Wesen war, das, vom Volkswillen beherrscht, diesem als Geburtsmaschine diente, was mit der Vorstellung einer autonom agierenden Regierungseinheit nur schwer zu vereinbaren war. Von der Frage des lebensnotwendigen Kampfes unter Schwestern bei gleichzeitigem Heranreifen – nur eine Königin im Stock! – ganz zu schweigen.) Ein gewichtiges Buch, das man notfalls, das heißt, etwa beim Rittern um die goldene Honigwabe als effizientes Wurfgeschoß gegen konkurrierende Imkerinnen einsetzen konnte: Streckt gleich drei auf einmal hin, sagte die Bürgermeisterin, plötzlich hellwach. Mindestens.

Keine Idylle, nirgendwo! Stattdessen die Möglichkeit einer Intrige, die sie sich bildhaft vorstellen konnte, hinter dem Lärmpegel einer Winterversammlung im Schulturnsaal etwa, der größten Halle des Ortes, die durchaus auch für andere Zwecke anmietbar war, gesponnen, über Stiefeln, die so aussahen, wie sie hießen: *uggly*, potthässlich, von Endgerät zu Endgerät, das andere im Land Rover, unter Bäumen. Allein schon durch die Intensität gewann die Vorstellung an Leben und Wahrhaftigkeit: Die schon lange in ehelicher Enthaltsamkeit eingeübten Eheleute Jackie und Alfons verschworen sich gegen die Bürgermeisterin auf einer sozialen Plattform, einer abgehobeneren Ebene der ortsüblichen Heimlichkeitsverschachtelung, die dafür sorgte, dass das konspirative Treffen der beiden im 5G-Netz, apropos, stattfand, gleich neben dem verlockendsten lokalen Funkloch. (Natürlich war es Alfons gewesen, der sich bezüglich des Genehmigungsverfahrens verplappert hatte, wer sonst. Auch nicht ganz leicht im Magen lag ihr die Sache mit dem Vorschalten dieser Großbank, darauf hatte die Kontaktperson bestanden, russische staatsnahe Großbank mit Sitz auf Malta, wie immer das funktionieren mochte. Doch sie war schließlich Bürgermeisterin, nicht die Finanzaufsicht.)

Maximilian

Er solle einfach dort vorbeikommen, hatte Alfons gesagt. Dort, das hieß: am Gelände des ehemaligen Wirtshauses, auf dessen verlassenem Hof nun Alfons' Jeep stand, eine trutzige Wagenburg ganz für sich allein. Maximilians professionelle Meinung interessiere ihn – dass es ihm nicht eine Sekunde in den Sinn gekommen zu sein schien, Maximilian könne es ihm übel nehmen, eben nicht professionell angefragt worden zu sein, eine andere Geschichte. Dabei hätte Maximilian ohnehin nicht das leiseste Bedürfnis gehabt, mit Nachbarn Geschäfte zu machen, schon gar nicht in diesem Ort mit überschaubarer Populationszahl, wo er als Fremder hinter jedem Blumenfenster Absprachen vermuten konnte, die ihn ausschlossen: Professionelles und Privates immer schön getrennt halten! Schon gar nicht hätte er Lust gehabt, an dem durch und durch verpfuschten Gelände irgendwas anzugreifen. Ab einem gewissen Stadium ist Abreißen besser, sagte er und wusste, dass er nicht ganz überzeugt davon war. Und vielleicht hatte der andere ihm ja wirklich etwas anzubieten, und ihm blieb nur die Peinlichkeit, es ablehnen zu müssen? Das stellte sich rasch als unbegründete Sorge heraus. Er kannte das Büro, das den Entwurf gemacht hatte. Die waren nicht uninteressant, allerdings wunderte sich Maximilian, dass Alfons und Jackie sich diese Kategorie leisten konnten. Tatsächlich war das Gebäude bereits entkernt, das ging schnell. Ein kleiner Bagger stand herum, die Greifhand eingezogen, als hätte sie sich verbrannt, der Tag war strahlend, und Maximilian spürte eine plötzliche Freude angesichts der in Schwebe verharrenden Reißzähne. Alfons hatte ihn kommen gehört, er trat aus dem Container, den der Pick-Up fast verbarg, begrüßte ihn ganz geschäftig, ganz zufriedener Bauherr vor dem Resultat der heutigen Arbeiten. Er holte einen zweiten Klappstuhl, den er Maximilian anbot, dann sein Rauchzeug und eine Mappe, die er auf den Knien aufschlug. Ein Raubvogel zog über den Himmel, stand still, als ob er in den Grundmauern etwas erspäht hätte, er könnte Alfons fragen, was für ein Vogel das war, er hatte ihm übrigens auch nicht richtig zugehört. Maximilian wusste nur, dass der andere etwas von Kubatur und Belüftungssystemen erzählt hatte. Und von einem *Good Life Center* für biomedizinische Forschung unter dem gemeindeeigenen Moor, zu dem dies hier der Eingangsbereich werden würde. Alfons blätterte weiter, Maximilian beugte sich über die Aufrisszeichnungen und verfing sich an einem Beiblatt, auf dem in feinster Businessschrift Folgendes stand:

Our differentiated, customer-focused business model continues to deliver with our multi brand, multi channel approach, cost leadership, low risk positioning, investment capacity and execution capabilities ...

(Heute Morgen hatte er versehentlich – was heißt versehentlich?, wie sonst? – ein Messer eingesaugt, das er zuvor von der Kücheninsel gefegt hatte, gerade als alles so richtig knisternd sauber gewesen war. Das Beutelaufschneiden hatte eine kleine Staubexplosion zur Folge gehabt, wie das Treten auf einen Bovist, zurück zum Start.) Er hob den Blick und sah in Alfons' Gesicht: *cost leadership* sah also so aus, gerötet an den Wangen und um die Nase, Blasen an den Lidrändern. Er hörte ihn vom Billigstbieter erzählen, den man für die Ausführung beauftragen werde, den mit der Gesamtlösung (*costumer-focused business model*), der sich an den Entwurf anlehnen werde. Hinter Alfons zog der Vogel vorbei, ein kleines Tier in den Krallen, und Maximilian stellte sich dessen schreckliche Zukunft vor, zerfleischt von einem Riesenschnabel. Zum Glück hatte das Nagetier keine Vorstellung davon (*execution capabilities*). Eine dieser ewig unklärbaren Fragen: Wozu ist diese Grausamkeit nötig, wenn es doch nur um Nahrungsaufnahme geht, ein Vorgang, der andauernd wiederholt werden muss? Alfons sprach von Geld, erkannte wohl, dass das ein Fehler gewesen war und betonte die Nachhaltigkeit, den gesellschaftlichen Nutzen. Erst allmählich begriff Maximilian, dass ihm da sehr wohl ein Angebot unterbreitet wurde, allerdings ein ganz anderes, als man hätte erwarten können.

Ruth

Dann fiel der Bohrturm um, mitten auf die Stadt, die auf dem Wasser schwamm, tja, hatte sicher irgendwas mit Erderwärmung zu tun. Vielleicht aber auch mit Detailverhandlungen transpolarer Handelsabkommen, interpolarer Wertschöpfungsströme, wer weiß, Ruth wusste es nicht mehr nach dem Aufwachen. Was sie wusste, war, dass gestern Abend etwas gewesen war, das ihr einen Schweißfilm auf der Haut beschert hatte und klumpiges Bettzeug, in dem sich die Beine verfangen hatten.

Der Einschlag der Bohrturmtrümmer würde Folgen haben, später, sie sah die Kettenreaktionen aus schwankenden Hochhauskomplexen, sich selbst auf der Flucht von einem Klinkersteingebäude in das nächste, das unter Scherbewegungen bröckelte und in sich zusammenstürzte, unter die Eingangstorbögen, die am meisten Sicherheit zu bieten schienen. Sie würde ihre Gruppe verlieren – auf einmal war sie sicher, dass eine Gesellschaft vorhanden gewesen war, nur: Aus wem sollte die bestanden haben? Sie könnte, wenn sie wollte, die Flucht fortsetzen, einfach wieder einsteigen in den Traum, der noch etwas mit ihr vorzuhaben schien. Wäre doch interessant, sich dem Verfolgungsprinzip einer solchen Nachtschau einmal zu stellen, es zu einem Ende treiben zu lassen, an dem der Tod stünde, die Auslöschung: Doch wie wollte so ein Traum das hinkriegen? Sie setzte sich auf, dachte an Frühstück und wusste, dass sie sich im Grunde schon entschieden hatte, da konnte das Traumgeschehen noch so sehr toben, der Traumpalast noch so erschütternde Breitbandbilder liefern, sie sah klar, dass sie ihre berufliche Zukunft anders gestalten wollte als bisher geplant.

Maximilian

Auch Ruths Vater träumte. Er träumte davon, dass er träumte, er war schon einen Schritt weiter: Im Traum erzählte er sich selbst davon. Und er träumte von Sophie, die ihn warten ließ, und er dachte im Traum, dass er im Traum wartete, um das Warten in der Wirklichkeit abzukürzen – um eine Anwartschaft auf eine wartefreie Zeit im Wachzustand zu erwirtschaften. Er träumte im Traum von Landschaften voller detailreich gestalteter Häuser und Gärten, und er machte sich selbst darauf aufmerksam, wie detailreich er träumte, wo er sich doch sonst im Verdacht hatte, bei dieser Art von Traumarbeit zu schlampen und nur einen groben Eindruck von »Bungalow, modern, 1930–31« hinzuwerfen, und schau her, sagte sein Traum-Ich zu seinem Traum-Traum-Ich, hier ist doch alles ganz sauber ausgearbeitet, Haus an Haus, Grundstück an Grundstück, und ich träume ja eigentlich immer von Häusern, das gibt mir anscheinend eine gewisse Sicherheit. Dennoch musste er warten, in einem Campingbus, der nach dem Weggleiten der Hauslandschaft in einer Indoorcampinghalle stand, in den er sich zum Weiterträumen zurückzog und der voll von Sophies Kleidung war und mit offen stehenden Türen die Hallenbesucher anzog, die nun in Scharen durch den Bus stiegen und ihn da ausgesetzt liegen sahen, und er sagte sich, er warte ja gar nicht, er könne nicht sagen, wie er hier gelandet sei, und als Sophie endlich auftauchte, schmal und großgewachsen, wie sie nun mal war, erwachte er. Dachte, dass die Leerstelle an seiner Seite – die zweite Betthälfte – eigentlich einen doch ein bisschen zu dick aufgetragenen Symbolismus darstellte, eine Überlegung, für die sein Wachbewusstsein erst diverse Traum-Bewusstseinsebenen durchstechen musste. Dass er sich im Wachzustand mit der Trafikpächterin traf, um spazieren zu gehen – ein Auslaufmodell, dieser Tabakhandel, das sei ihr wohl bewusst –, war eine andere Sache, dass sie einen anderen Weg um das Moor wählte als er, dass er Neues zu sehen bekam, freute ihn.

Sie erzählte ihm nun selbst, wie das mit der Vaterschaft bei ihrem Sohn gewesen sei, der biologischen, wie sie betonte – dass man im Grunde immer noch Tür an Tür wohnte, obwohl er mit einer anderen verheiratet, damals schon und immer noch, dass natürlich die ganze Gegend davon wusste. Obwohl er nicht fragte, um wen es sich handelte, und sie von sich aus auch keinerlei Anstalten machte, ihn aufzuklären, sah er doch Alfons vor sich, und er fragte sich, ob es nur die Ähnlichkeit des

Körperbaus war, diese von innen kommende Schwere, die er bei beiden Männern bemerkt zu haben glaubte, oder ob es mehr wäre?

(Und Maximilian dachte weiter, dachte leise, sodass er es selbst nicht wahrnehmen musste, dass Alfons wohl dachte, dass es sich bei ihm, dem Neuzugang, dem Spinner, um eine vollkommen nutzlose Existenzform handelte. Jemand, der von keinerlei gesellschaftlichem Wert war, alles nur Spiegelung, dachte er laut. Und an dem Punkt ergab sich natürlich die Frage, die man besser nicht stellte, wie man den Wert eines Menschen messen wollte, für welchen gesellschaftlichen Kontext auch immer.)

Gummistiefel

Die Frau, die ein so enges Verhältnis zu Gummistiefeln hatte, rekapitulierte: Das Unverständnis vor dem Wunder der Sexualität, schrieb sie, das ich trotz allem immer noch in mir habe, angesichts der Bedeutung, die jeder Annäherung gesellschaftlich beigemessen wird: Sind doch bloß Körper, wollen sich berühren. Warum also das ganze Getue? Hab ich nie nachvollziehen können. Sobald man die Komplikation der ungewollten Fortpflanzung und der Geschlechtskrankheiten im Griff hat, ist der Rest doch, technisch gesehen, nicht viel mehr als ein warmer Händedruck. Man reibt sich aneinander, man verhilft einander zu Höhepunkten oder auch nicht, man gewöhnt sich dabei aneinander oder auch nicht. Ich meine, wenn ich so einen Penis in der Hand halte und seine Form bewundere und ihn, sofern er gewaschen ist und nicht unterm Rand den Muff von tausend Nächten mit sich trägt, sogar gern in den Mund nehme, was genau soll daran das Grenzüberschreitende sein? Haut auf Haut und Schleimhaut auf Schleimhaut bleibt Grenze auf Grenze, ein bisschen unhygienisch, von mir aus, stärkt aber die Abwehrkräfte, Gleiten auf Körperflüssigkeiten härtet ab.

Abhärtung braucht man immer: Mein Immunsystem bin ich! (Jetzt nimmt das endlich Fahrt auf, kommentierte sie selbst ihre Schreibanstrengung, denn bei einer professionell Schreibenden wird jeder noch so private Satz in Hinblick auf spätere kommerzielle Verwendung geprüft.) Wir überstehen jede Krise dank Abhärtung, das Menschliche haben wir aus uns herausgeschält und abgestoßen. Das Unmenschliche hat höchstens manchmal eine Krise, von der wir uns aber rasch wieder erholen. Wenn alles rennt, rennt man am besten voraus. Und wenn man das Tempo nicht halten kann, gilt es unauffällig abzubiegen, in Richtung dieses kleinen, feinen, ausgesuchten Sperrgebiets, um das man sich eben rechtzeitig umgesehen haben muss, bevor die Meute einen niedertrampelt. Das muss das Unbewusste einüben, bis es nicht mehr anders kann.

Ruth

Habe er es nicht schon immer gesagt, sagte der Mann mit dem Nickipullover, er sei keiner von denen, die solche großen Töne spuckten. Er habe allerdings niemals an die Segnungen der neuen Technologie geglaubt, er wolle sagen: Es gehe doch immer um dasselbe. Menschen seien nun mal so. Ruth zog die Ärmel ihres Mantels fester um sich, die Sache war die: Der Flug heute in aller Früh ausgefallen, umgebucht, überbucht, Wartezeit, und jetzt das, saß sie ausgesetzt und festgeschnallt in einem Flugzeug, das auf die Starterlaubnis wartete, noch dazu in Richtung einer falschen Stadt, von wo aus man ihr einen Weiterflug versprochen hatte. Falsche Stadt? Was ist eine falsche Stadt? Eine Stadt, in der sie noch nie gewesen war und die ihr doch interessant erschienen wäre, wenn sie nicht so müde gewesen wäre. Der Mann neben ihr nicht so beseelt von dem Bemühen, sich selbst zu rechtfertigen für ein Vergehen, dessen sie ihn gar nicht angeklagt hatte: der Apostasie. Wenigstens war er schlank und schwappte nicht vor lauter Mitteilsamkeit über den Rand des Economy-Sitzes hinaus. Sie würde die Stadt nicht sehen, natürlich nicht, nur den Flughafen, und der hatte einen seltsamen Namen, *Malpensa*, der Ruth an schlechte Gedanken denken ließ.

Er habe tatsächlich mal daran geglaubt, sagte der Mann, dass es sich beim Netz um ein seiner Form nach aufklärerisches System handle, oder vielmehr, dass die Architektur des Systems automatisch zu einer gleichberechtigten Teilhabe aller führen könne, wenn man es denn richtig aufzog. Und das sei ja auch nicht so falsch, nur habe man es eben nicht richtig aufgezogen, er sah fragend in Ruths Richtung, sie nickte schwach. Einer solchen Aussage konnte sie im Zweifelsfall immer zustimmen: Man hat es nicht richtig aufgezogen, aber im Prinzip, im Prinzip doch eine gute Idee. Er sah sie nochmals an, diesmal freudiger: Ja, denken Sie das? Ihre Nase juckte. Ist das nicht offensichtlich? Er fuhr mit der Hand an seine Nase, wo er sich ausgiebig kratzte, gewissermaßen stellvertretend. Sie betrachtete ihn genau, als könnte die Konzentration das eigene Unbehagen überlagern: Der Mann hatte ansehnliche Poren und trug eine Smartwatch. Das Cockpit räusperte sich und kündigte an, dass der Erste Offizier Julia Abendrot den Start durchführen werde: Das Motorengeräusch intensivierte sich wie das Mahlen eines gigantischen Mühlwerks, ein rhythmisches Zähneknirschen, bei dem am Schluss die Vorwärtsbewegung ausgespuckt werden würde, die Gliedmaßen vibrierten bereits erwartungsvoll.

Das Abheben über die oberste Wolkenschicht, die ja eine Anhäufung ist, eine Aufhäufung von Anhäufungen, die Tragfähigkeit suggeriert, zum Betreten einlädt (nicht absichtlich, man kann einer Tropfenverdichtung schließlich keine Absichten unterstellen), rief offenbar auch bei ihrem Sitznachbarn maritime Assoziationen hervor: Man könne die Flüchtlinge nicht ersaufen lassen, sagte er, andererseits könne man ja schließlich nicht das ganze Leid der Welt auf Europa abladen. Das würde Europa nicht aushalten, und es sei auch jetzt schon nicht sicher, ob es das alles aushalte, was es eben aushalten müsse. Er gestikulierte zur Unterstützung seiner Thesen heftig mit der uhrbewehrten Hand, und Ruth fragte sich, woher die Sehnsucht danach kam, in einem System zu leben, das aber wirklich jede kleinste Regung überwacht, durch ein Armband zum Beispiel, das alle durch die Haut messbaren Vitaldaten aufzeichnet, wenn nicht gleich durch ein Implantat zur Verzeichnung der Gehirnströme: Das freie Handeln wird dafür den Projektionsfiguren in der Streamingserie des Vertrauens überlassen. Frau Abendrot erfüllte ihre Funktion.

Maximilian

Maximilian hatte nie ein Naheverhältnis zum Verzehr von Meeresfrüchten gehabt, dennoch träumte er davon: Das fragliche Tier wand sich ostentativ in seiner Verpackung, in der es luftdicht eingeschlossen gewesen war, samt dem Wasser, damit es nicht erstickte, gekühlt und ruhiggestellt, das verlangte entschiedenes Eingreifen, das sah er ein, er wusste nur nicht, welches – er hatte mit dem Händler hinter seinem plastikverhangenen Tisch auf dem Fischmarkt verhandelt, der erste Beutel, den er ihm überreicht hatte, war ihm zu warm erschienen. Er hatte sich gefragt, wie man Meerestiere in warmem Wasser lagern konnte (da hatte er schon geahnt, dass er wieder einmal unter einer dichten Decke aus Schlaf agierte), und einen anderen verlangt. Die Scheren schlitzten ohne Eile das Plastik auf, sie schienen um ihre Stärke zu wissen, und dort, wo sie austraten, glänzte der Panzer braun und an den Rändern (Scharnieren) weiß. Die Packung riss und hing nur noch in Fetzen an dem Tier, das bei genauerer Betrachtung ziemlich an einen Skorpion erinnerte, an einen riesenhaften Skorpion. Es schien nun Maximilian als Quelle seiner misslichen Lage auszumachen, kroch auf ihn zu, und er wusste, dass es nur ein Ziel haben konnte: sich an seinem nackten Unterschenkel aufzurichten und die Körperunterseite gegen seine Haut zu pressen, dort, wo er die Kloakenöffnung vermutete, wo das Tier aber, wie er auf einmal zu wissen glaubte, über eine ganz andere Öffnung verfügte, eine mit zangenartigen Zähnen, die ihn beißen konnten oder stechen, er war sich nicht so sicher. Dann fragte er sich noch, was er je mit einem solchen Krustentier vorgehabt hatte, nicht nur, dass er nicht einmal einen Topf gehabt hätte, der groß genug gewesen wäre, um es ganz darin zu versenken (diesmal in kochendem Wasser, in das es langsam und nur zaghaft mit den Fühlern zitternd eingetaucht wäre). Er wusste weder, wie man es fachgerecht zerteilte, noch, wie man den Verdauungskanal entfernte, den er sich schwarz durch das Gewebe laufend vorstellte, und schon gar nicht, was überhaupt alles essbar war und wie man die Fleischstücke herausholte, ohne sie gänzlich zu zerfetzen. Doch nun stand das Tier mit drohend erhobenen Scheren vor ihm, er konnte die Zangen sehen, vielleicht war da auch ein Stachel, wer wusste das schon, und er brachte sich in Sicherheit, indem er den Traum für beendet erklärte, alter Trick des erfahrenen Träumers –

Dann erwachte er doch: Diese Tagesrandbeschäftigungen, die sich ausdehnen ließen, bis sie die Tagesmitte fraßen, um darüber hinwegzutäuschen, dass man mit der eigentlichen Zeit, der dazwischen, nichts anzufangen wusste: Waren die alles? Provinz ohne Eigenschaften: Das Angebot Jackies, sich für einen Test im *Life Center*, dessen Fertigstellung in Windeseile voranschritt, zur Verfügung zu stellen, gegen Bezahlung, versteht sich, musste so auf fruchtbaren Boden fallen. Zudem, ergänzte Jackie, könne er so jemandem mit unsicherem Aufenthaltsstatus helfen? (Diese zur Frage neigende Anhebung des Satzendes gönnte sie sich, als wäre sie eine amerikanische High-School-Studentin.) Noch könne er sich ganz persönlich einbringen, denn die persönliche Tat sei es schließlich, die zähle. (Klar, dass sie den Naivling bei der Ethik packen wollte.) Der Halsreif mit den Spiralmustern hatte bei ihren lebhaft vorgetragenen Ausführungen – am Gartenzaun, sie waren beide beim Mähen gewesen – keltisch kupferrot geglänzt.

Nachbarin

Jackie trieb sich schon gelegentlich auf Datingplattformen herum. Aber eben doch eher selten, grade so, um ihrem neuen Statuszuwachs als Bauunternehmerin ein gewisses, wenn auch geborgtes, emotionales Unterfutter zu geben. Das Gute war ja, dass sie nicht darauf angewiesen war. Dass sie spielen konnte. Dass Alfons fremdging, war ohnehin klar, das verstand sich von alleine. Wozu sonst die ganzen Bordelle an jeder Autobahnabfahrt? Manche davon waren allerdings so blöd gebaut, dass man gleich erkannte, wessen Auto dort herumstand – und die Nachricht von einer solchen Identifikation verbreitete sich blitzschnell: tja, eine andere Sache. Dass dieses Plattformverhalten zu einer Sucht werden könnte, wusste sie ebenfalls, auch, dass es in der Natur der Sache lag, dass man mehrgleisig fuhr, dass man die Dinge beim ersten Misston wieder auf sich beruhen ließ. Doch dieser Typ hatte was, nicht nur weil er Bauingenieur und ihr das Gewerbe von Grund auf vertraut war. (Konnte man immer herumfahren, sehr praktisch, auch außerhalb Europas. Wie das schon ihr Vater getan hatte, mit Schwerpunkt Südostasien – und dass ihre Mutter so naiv gewesen war, wie sie das eben gewesen war, hatte nur beiläufig ihr Mitleid erregt. Hatte sie hauptsächlich geärgert, warum, das verstand sie im Rückblick selbst nicht ganz.) Er war: wortreich. Er schrieb. Er schrieb zum Beispiel davon, wie wichtig es ihm sei, mit einer gleichberechtigten Frau zu leben. Die ihr eigenes Geld verdiente. (Das tat sie, und nicht nur mit ihren Yogakursen, die sich regen Zulaufs erfreuten. Beweglichkeit ist das höchste Gut! Sie plante einen Ausbau des Gemischtwaren-Onlinehandels mit Schwerpunkt auf Heilkräuern, Salben und Schmuckgegenständen von vage bronzezeitlicher Anmutung, das hatte sich so nebenbei ergeben.) Was das im Klartext heißen sollte, wusste Jackie mittlerweile: Er suchte eine Geldquelle in Form einer leicht sich verliebenden Frau, einer Frau unter altersbedingtem Zugzwang, ohne sich auf irgendwas einlassen zu wollen. Er suchte fette Beute. (Blöd war nur, dass sich im Moor noch keine Moorleiche gefunden hatte, auch sonst keine nennenswerten Ausgrabungsobjekte, die der Unternehmung so etwas wie ein historisches Fundament hätten geben können, aber egal: Es war schließlich Allgemeinwissen, dass das hier einmal keltisches Gebiet war. Und auch slawisches. Bevor aufgeräumt und alles fein säuberlich ethnisch getrennt wurde natürlich.)

Nicht dass sie jemanden bräuchte, durch den sie Alfons hätte ersetzen können. Einmal zusammenleben, sagte sie sich, reicht. Und die Ehe ist schließlich in erster Linie eine Wirtschaftsgemeinschaft, war sie schon immer. Doch die Männer, die nach was Ernstem suchten, waren einfach die interessanteren. Die anderen, die gleich klarstellten, dass es nur um Sex ging, die waren meistens auch genauso langweilig wie ihr Anliegen. Das Gefühl, attraktiv zu sein, tat ihr gut – sie hatte eine Premiummitgliedschaft, da ließen sich Details wie Geburtsdaten verbergen – selbst wenn sie das im Prinzip störte, denn schließlich, sagte sie sich, sähe sie keinen Tag jünger aus, wenn sie sich jünger machte. Aber dann hatten Zahlen anscheinend einen gewissen Mythos. Ein paar verhuschte Treffen, wenn sie zum Einkaufen in die Stadt gefahren war, nicht nur ein Mal eine Peinlichkeit, bei der sie nicht gewusst hatte, wie sich wieder herauswinden, ein Gesicht vor sich, dessen Ödnis sie wohl unbewusst spiegelte. Diese zunehmend sich hinziehenden Fehlversuche hatten sie davon überzeugt, dass das größte Lustgewinnungspotential im Vorgeplänkel liege.

Jetzt schrieb der irgendwas von Unterwanderung, wer was wie jetzt genau unterwanderte, verstand sie allerdings weniger. Sie fragte nach: Wandern? Er ging nicht drauf ein. Egal, sie musste sich ohnehin auf den Finanzplan konzentrieren. Alfons würde sich ja mittlerweile über so ziemlich jede

Aufgabe freuen, so lange man ihn nur glauben ließ, dass er als gleichwertiges Mitglied einer Peergroup galt. Wo er den Begriff wieder her hatte?

Gummistiefel

Als Frau, die im Patriarchat reüssieren will, ohne auch nur den Hauch eines Anspruchs auf Umsturz zu verfolgen – denn das funktioniert ohnehin nicht, könnte man meinen, viel zu viel Beharrungsvermögen, in Jahrtausenden angesetzt und in wohlausgeruhtem Burgunderholz zur perfekten Reifung gelagert, nix Holzchips –, nein, im Gegenteil, als Frau, die es sanft von innen heraus zu verändern sucht, so ist das Wording, musst du dich anpassen. Man könnte auch sagen: überlaufen, und die Welt ist voll von diesen Überläuferinnen, die immer meinen, sie hätten die klügere Wahl getroffen, und diese Gewissheit aus jeder Pore sickern lassen. Und wer wollte nicht auf Seiten der Gewinner stehen?, frage ich Sie – ich gendere da ganz bewusst. Ja, es würde mich interessieren, Ihre Meinung zu hören. Das wäre ein ganz wesentliches und, das möchte ich betonen, höchst instruktives Feedback, es macht Freude, sich mit jemandem wie Ihnen auszutauschen. Sie wurden ganz gezielt ausgewählt, das ist Ihnen klar, aus der Zielgruppe der High-End-Influencer, da sind Sie sicher ganz bei mir.

Die Übergriffigkeit ist natürlich im Machtgefälle eingepreist, da erzähle ich Ihnen nichts Neues. Traumatisierung stigmatisiert nun mal, Gewalt zeichnet das Opfer. Der Vorgang selbsterfüllend, auch wenn man sich als Opfer querlegt und dagegenhält, denn immerhin hat man Macht über jemanden in Form von Wissen (über den Übergriff), zweischneidige Sache. In dem Moment, wo das Wissen eingesetzt, also aufgedeckt wird, verliert es seinen Schrecken für denjenigen, über den Macht ausgeübt werden soll. Die Macht zerrinnt also im Moment ihres Einsatzes als Zahlungsmittel. Es sei denn, es handelte sich nur um einen Vorgeschmack auf etwas Größeres, dessen potentielle Enthüllung noch größeren Schaden anrichten würde, und der Täter, der jetzt zum Opfer wird, zum Racheopfer, weiß das auch. Dann allerdings ist es eine recht effiziente Waffe. Kleine Angststiche, die mürbe machen. Die aus dem Schlaf reißen in den Nächten, die dafür sorgen, dass der Stoff der Bettdecke an der Haut klebt und man den eigenen Geruch nicht mehr erträgt.

Die ständige Anpassungsbereitschaft spricht allerdings auch für mich. (Die Redenschreiberin hatte sich endlich in Form geschrieben, wurde auch Zeit.)

Maximilian

Dass Ruth kommen wollte, freute ihn. *Natürlich*, dachte er und war ein bisschen böse auf sich selbst, dass er den Begriff so unbedacht einsetzte, doch natürlich freute er sich und natürlich wusste er, dass es seine Aufgabe war, sich zu freuen, wenn ihn die weltgewandte Tochter in seinem hintersten Winkel besuchen kam. Dass sie eine Umschulung zur Journalistin machte – berufsbegleitender Studiengang neben einer freien Mitarbeit im Wirtschaftsteil einer überregionalen Zeitung – erfüllte ihn durchaus mit Stolz. Den schwierigeren, doch in seinen Augen weit interessanteren Weg einzuschlagen, erforderte schließlich Mut und ein gewisses Beiseitetreten. Aber vielleicht war er bloß ein zu schlicht gestrickter Idealist, was wusste er schon von den Niederungen des journalistischen Handwerks. (Die Bienen mögen ihr Haus lieber rund als eckig, das hatte der letzte Stammtisch ergeben, der Herausgeber der Bienenzeitung war ganz aufgeregt gewesen.) Er fragte die Trafikantin, ob sie ihren Arbeitsplatz in Gefahr sehe? Ob sie sich generell von Robotern bedroht fühle? Nun, wenn mein Vibrator anfängt, sich mit mir zu unterhalten, dann schon, sagte sie. Das sei aber vermutlich nur mehr eine Frage der Zeit, entgegnete er, sie lachte.

Ja, sie hatten durchaus Freude aneinander. Dennoch kam Maximilian die Sache ein wenig lauwarm vor, zu schnell und zu beiläufig passiert, fast eine Zwangsläufigkeit, wenn man Verfügbarkeit und Nachfrage betrachtete. Und im selben Moment dachte er wieder, dass das unfair sei. Sie hatten zwar verschiedene Geschwindigkeiten – sie hatte alles minutiös organisiert, teilte ihm und sich Freiraum zu, wie es ihr passte und mit der Sorge um ihren Sohn vereinbar war, wohingegen er durch seine Tage schlenderte –, doch sie hatten es ziemlich gut zusammen. Warum schien ihm das nicht ausreichend? Er fand den Grund nicht, so sehr er auch in sich hineinfühlte. (Er hatte bald begriffen, dass sie ihren Sohn als Riesenkind sah, für das sie jederzeit da zu sein hatte, und dass der Sohn, andererseits, darüber längst weit hinausgewachsen, diesen Zustand durchaus bewusst beförderte. Andererseits: Nicht sein Kaffee. Nicht wieder Verantwortung für das Leben anderer übernehmen wollen, die das gar nicht wollten. Hatte nicht Sophie immer gesagt, er solle erst mal lernen, sich um sich selbst zu kümmern? Dann würde er nicht so zwanghaft handeln – das war hängengeblieben.) Aber dann wusste er natürlich aus Erfahrung, dass sein Inneres recht banal war. Er fürchtete die Einsicht, dass die schöne, stille Sache mit der Nikotinnahversorgerin einfach zu wenig bedrohlich war, um ihn zufrieden zu stellen. Dass er sie auf Abstand hielt, um weiterhin im Zustand des Provisoriums vor sich hin zu schweben, halbglücklich, doch glücklich genug. Dann dachte er wieder an die Frau mit den Gummistiefeln, doch die, auch das war klar, war offenkundig verrückt. Wenn sie überhaupt real war, und das war die Sache mit all diesen Netzinstanzen: Er traute ihnen nicht, ihrem Realitätsgehalt, so sehr sie auch kitzeln konnten.

Er las die Unterlagen über parabiotische Bluttransfusion, die ihm Alfons zuschicken hatte lassen, oder, genaugenommen, eine Frau Privatdozentin Dr. Mur vom *Good Life Center*.

Alfons

Es war nun nicht so, dass Alfons besonders versessen darauf gewesen wäre, das Verhältnis fortzuführen, so stolz er auch immer auf seine umsichtige Vorgangsweise gewesen war. Auch ein heimliches Verhältnis hat seine Abkühlungsphasen und Beziehungslängen, insbesondere dann, wenn die Heimlichkeit eine so öffentliche ist. Es war eher so, dass er die Nähe zur Bürgermeisterin angemessen fand. Sie stärkte seine Position, das war keine Frage, und auch Jackie schien nicht unglücklich über das Arrangement zu sein, denn immerhin bekam sie nicht nur klaglos eine weitere Erweiterung des Kreditrahmens, sie konnte sich nun auch endlich im Glanz der erfolgreichen Unternehmerin sonnen, ein Sieg über ihren Vater, der ihr viel bedeutete, wie Alfons sehr wohl wusste. Jackies Vater war stets ein kleiner Bauunternehmer geblieben, der sich mit der Verhüttelung der Gegend und, zugegeben, mit dem einen oder anderen üppig geförderten Gemeindekreisverkehr inklusive ikonisch gedachter Symbole wie Weintrauben und Wanderstöcke im Weichbild verewigt hatte. Nicht dass die Gegend je für den Weinanbau berühmt gewesen wäre, doch der Klimawandel, hoffte nicht nur Susi, würde daran vielleicht etwas ändern, neue Agrarflächen erschließbar machen und die Wirtschaft beleben. Denn die stetige Steigerung der numerischen Werte von Kennzahlen und Schlüsseldaten war entscheidend. So hatte man am Weitwanderweg, der auf raffinierte Weise den Grenzziehungen zwischen den Agrargebieten folgte und an einer wenig besuchten Bunkeranlage vorbeiführte, auch schon Spaliere mit Weinbewuchs angebracht.

Heimliche Verhältnisse können also ihre Längen haben. Doch nachdem sich die Bürgermeisterin – glücklich geschiedene Mutter von drei erwachsenen Kindern – ihrerseits wiederum unter dem strahlenden Schein ihrer neuesten Errungenschaft, des Gastes, dessen angekündigter Auftritt bei der Eröffnung des absolut innovativen biomedizinischen Zentrums von den richtigen Medien breit akklamiert wurde, sowie in jahreszeitgemäßer rot-schwarzer Reizwäsche räkelte, konnte er schlecht nein sagen. Dass der Nimbus des Präsidenten, aus dessen Umfeld auch ein eindeutiges finanzielles Interesse signalisiert wurde (in welcher Form?, Susi war sich nicht ganz sicher gewesen, ob sie die Zeichen richtig gedeutet hatte), allerdings gewisse Kratzer bekommen hatte durch die international viel beachteten Morde an kritischen Journalisten und, man musste es sagen, besonders einer mit den Verstrickungen der Regierung dieses

Steuerparadieses in die Finanzbranche beschäftigten Journalistin, die samt ihrem Auto in die Luft gesprengt worden war, wobei ein Passant, der den Verbrennungsvorgang sorgfältig mitgefilmt hatte, von Schmerzensschreien berichtete, war weniger glücklich. So glatt, wie die Formulierung suggerierte, lief der Prozess des Indieluftsprengens nämlich nicht ab, zudem hinterließ sie noch minderjährige Kinder: schlechte Presse! Aber man kann nun mal nicht alles haben. Auch beschuldigte natürlich niemand den Präsidenten selbst, doch dass solche Verbrechen im Hoheitsgebiet des ehemaligen Geheimdienstlers ohne dessen Wissen geschehen und ungesühnt bleiben konnten, war nicht eben glaubwürdig. So waren denn reuige Täter bei einer Pressekonferenz präsentiert worden, deren Spuren allerdings, mehr noch, jeder Beweis für ihre Existenz sich nach der Ausstrahlung der Sendung ebenfalls in Luft aufgelöst hatten, und diesmal wirklich.

All das ging ihm im Kopf herum, während er versuchte, sich auf die Schlüsselreize zu konzentrieren, die ihn ansonsten einigermaßen verlässlich einem schnellen Höhepunkt entgegentrugen. Damit er die Sache gütlich hinter sich brächte. Für ihren Orgasmus hatte er, *damit die arme Seel a Ruh hat,* schon im Vorhinein gesorgt. Soweit er wusste, jedenfalls, und wenn sie ihm etwas vorgespielt hatte, nun, so war das nicht seine Baustelle. Kaum war das Vorhaben vollendet, hatte er sich mit einem schmatzenden Geräusch aus ihr, die ihre Kehrseite hochgestülpt hatte wie eine grundelnde Ente, zurückgezogen. If it walks like a duck, sagte er leise, sie drehte sich um, setzte sich auf und berichtete ihm (quaks like a duck?), während sie ihre kinnlangen blonden Locken bürstete, davon, dass das Filmen im inneren Bereich der nationalen Medienagentur des Präsidenten vorbehalten sein würde. Part of the game, sagte sie, und sie fragte ihn, wie sie das wohl den hiesigen medialen Platzhirschen verkaufen sollte, die ihr Kommen zugesagt hatten?

Klar, sagte er: Du musst ihnen eben eine andere Alleinstellungskarotte vor die Nase halten. Klar, sagte sie, sie hatte da schon eine Idee. (Ein Interview mit dem Doppelwesen: Der ideale Mensch ist unsterblich, das darf dann auch was kosten.) Dass ihr diese Neubürger auf den Senkel gingen, die doch tatsächlich den *Mohren im Hemd* auf ihrer Speisekarte thematisiert hatten, sagte sie noch, die Bürste ausputzend.

Nachbarin

Als Jackie den Motor anließ, kamen ihr doch Bedenken. Der Abend war kalt, und die aufsteigende Feuchtigkeit schluckte das Licht. Zwar freute sie sich auf die Sauna, und natürlich war sie zunächst begeistert gewesen – die Bürgermeisterin hatte zugesagt, dass sich da etwas mit dem Aufenthaltsstatus machen ließe: von rot auf gelb, sozusagen, wenn nicht gar von gelb auf grün, was natürlich eine enorme Geldersparnis bedeutet, weil man den jungen Migranten dieses Goodie anbieten konnte anstelle von finanziellen Transaktionen, die zumindest in der Probezeit, bis der reguläre Betrieb angelaufen wäre, erhebliche Ausmaße hätten annehmen können. Wenn nun aber, wie der Rechtsanwalt herausgearbeitet hatte, wenn nun alles anders sein könnte, weil der Innenminister, von dessen Partei Susanne Krblicek allerdings bei der Erlangung ihres Postens entscheidend unterstützt worden war, und dem, wie sie unlängst durchblicken hatte lassen, die Anwesenheit derart prominenter Unterstützer wie dieses jungen, medienaffinen Präsidenten! bei der Eröffnung sehr recht wäre, weil also der Innenminister die gesunkenen Umfragewerte mit erweiterter Abschiebungspolitik kompensieren wollte, liefe das vermutlich unter dem Strich auf teure Nachzahlungen hinaus. Von der Presse ganz abgesehen, und wenn die Umweltschützer und Menschenrechtlerinnen (man weiß nicht, was schlimmer ist), erst mal alarmiert wären, nicht auszudenken! – diesen Punkt musste sie Susi klar machen, so schwer zu begreifen konnte das doch nicht sein. Schließlich hing die Landeshypothekenbank mit drin, die hatte die Umbauarbeiten vorfinanziert. Susis Partei und die Bank waren schließlich, wie alle Welt diesseits der Grenze wusste, nun, sagen wir, eng miteinander verflochten, erklärte Jackie der abendlichen Landschaft von ihrer SUV-Fahrzelle aus. Dank der neuen Regelung wurden Umweltverträglichkeitsprüfungen nach einer Verfahrensdauer von drei Wochen automatisch beendet, das Prozedere damit für die Antragstellerin – in diesem Fall hauptsächlich Jackie, wenn auch hinter ein paar kreativen Firmenkonstruktionen verborgen – zwangsläufig positiv abgeschlossen, ein Vorgang, der durch ein entsprechendes Indielängeziehen von Seiten der entsprechenden Behördenstelle leichthändig eingeleitet werden konnte, was sich wiederum, kurz gesagt, zu einem gewissen Automatismus entwickelt hatte. So hingen Partei und Bank voneinander ab, und für die tief in der Behörde verwurzelte Partei würde das problematisch werden, auch wenn sie sich neuerdings

Bewegung nannte. Das konnte man schon so stehen lassen. Und dass Susi über einen geringeren Einfluss verfügte, als sie glauben machen wollte, glaubte sie doch selbst nicht.

Als die Damen, wie sie sich selbst gerne nannten, am späteren Abend nach dem Kiefernnadelöl und der abschließenden Latschenessenz für Haut und Haar bei Speck und Schnaps angekommen waren (wie richtige Menschen, sagte Susi), sah die Bürgermeisterin Susanne Krblicek das auch ein.

Unter dem Moor

Der Eingangsbereich nannte sich Einreisezentrum, das klang schon so einladend, der Empfangstisch war halbrund und weiß und raffiniert diffus von oben beleuchtet. Man wies Maximilian den Weg zu einem schmalen Gang, der sich erstaunlich lange hinzog und dabei absenkte, an seinem Ende sah er den Baukörper sich weiten, die Beleuchtung war unter Abschirmleisten verborgen, leise Sphärenmusik rundete das Raumerlebnis ab. Dann kam eine Schleuse, ein offener Bereich, noch mal eine Schleuse: Transplantationsbereich. Einzelzimmer und Doppelzimmer, neueste Technik, Komfort eines Sternressorts. Anderer Geruch, sicher auch etwas speziell Designtes. Ein Arzt, Mittvierziger mit hoher Stirn, trat auf unerklärlich laute Weise durch eine Tür, verbreitete Nervosität, telefonierte im Gehen, beklagte sich über mangelnde Kooperation anderer Abteilungen. Eine Ärztin erschien, beauftragte den Arzt mit der Suche nach Patientenakten, was ihn zu neuen Empörungsäußerungen über die mangelnde Sorgfalt des Verwaltungspersonals anstachelte. Frau Priv. Doz. Dr.(in) Mur, eine sportliche Frau mit abstehender Kurzhaarfrisur und dem aufmunternden Lächeln einer durch nichts zu erschütternden Mutter von

Kindern gemischten Alters, schüttelte Maximilian die Hand. Bat ihn in die Besucherecke, in der Faltblätter und Magazincover die Leistungen der Klinik anpriesen: Was hilft alles Geld der Welt gegen die Sterblichkeit? Ewigkeit haben wir noch nicht im Programm, sagte das *Good Life Center (good for real),* aber doch eine substanzielle Verlängerung der biologischen Anlagebeständigkeit. Parabiose! Junges Spenderblut gegen das Altern! Stammzellentransplantation schön und gut, Plasma auch, wir gehen weiter! Menschen sind schließlich keine Mäuse. (Aber immerhin verwandt, was Anlass zu Hoffnungen gibt.)

Sagt ihm, wie erfreut sie sei, das Privileg eines ersten Versuches mit ihm zu teilen. Und mit seinem Partner natürlich, doch dazu später. Holt persönlich den Kaffee von der Kapselmaschine. Sagt, dass die Übereinstimmung der Kennzahlen besser nicht sein könnte. Dass seine Ausgangsdaten für den Versuch nicht optimaler sein könnten. Dass sie und ihre Mitarbeiter*innen einen Testlauf durch die gesamte verfügbare Gendatenbank gemacht hätten, und: so ein Match sei ihr noch nie begegnet. Ideal für das Parabioseexperiment, und der andere sei auch einverstanden, nicht zuletzt deshalb, weil ihm das Punkte auf seinem Aufenthaltskonto einbringen könne, sagte sie, das sage sie in aller Klarheit, schon wieder lächelnd. Parabiose? fragte Maximilian. Das Verbinden zweier Blutkreisläufe, erklärte sie, einer jung, einer alt, sie korrigierte: mittelalt. Er lächelte ebenfalls und sagte: dass er aber jetzt sein Match sehen wolle. Die Ärztin wiegelte ab: Erst müsse man noch seinen aktuellen Gesamtbefund betrachten. Man müsse Rücksicht nehmen, nicht dass sonst falsche Erwartungen geschürt würden. Nicht nur bei ihm, auch bei seinem Partner. Und dass ihm sicherlich bewusst sei, was für eine Herausforderung – auch psychisch! – auf ihn zukomme. Wie wichtig sein Engagement sei.

Dann wurden ihm Formulare vorgelegt. Stapel von Formularen, in denen er Fragen zu beantworten hatte, die offensichtlich für ältere Menschen gedacht waren, die man per se als irgendwie unzurechnungsfähig zu betrachten schien. Er hob den Blick: *Lesen ist ein großes Wunder*, stand da auf einem Schild über dem Zeitschriftenregal voller quietschbunter Titelseiten, auf denen wahlweise Königinnen, Prinzessinnen oder Schauspieler abgebildet waren. Und ein zum *Sexiest Oligarch Of The Year* Gewählter, der sich jetzt dankenswerterweise auch noch der Politik annahm, der kam ihm als einziger bekannt vor.

Maximilian

Die Frage ist doch die: Was mache ich mit so einem Einzelleben, einem ungenutzten Restleben, das mir um die Ohren fliegt? Wer braucht mich, wer will mich, wer hat noch nichts abbekommen? Und: Was spricht dagegen, der Trägheit ihren Lauf zu lassen? Hat Trägheit, vielmehr noch die Nutzlosigkeit diverser Tätigkeiten, nicht gar eine subversive Qualität? Kann ich mich nicht auf diese Weise – Lob der Trägheit! – selbstbestätigt in meiner Trägheit einnisten und sie zur Hauptbeschäftigung erheben, eine Trägheit, die ohnehin an mir haftet wie durch Unterdruck, ein Moorgewatschel auf leisen Gummisohlen. Ich trödele so treidelpfadig an meiner Zeit vorbei. Ewig in diesem Nachmittagsstadium, doch nicht einmal mein nachmittagsschlaftrunkenes Ich kann ich damit täuschen: Ist das jetzt ein richtigeres Leben als vorher? Wo habe ich die Entfremdung gefunden und wo ihr Gegenteil? *Growth Differentiation Factor*, sagte er, das hatte er sich aus den Ausführungen der Ärztin gemerkt, das spielte für Zellerneuerung irgendeine Rolle und war für sich genommen ein schlagfertiger Begriff, den er nicht verstanden hatte. (Der Wachstumsunterschiedsfaktor?, oder besser, weil der Unterschied ja doch nichts als ein Euphemismus ist: der Wachstumszuwachsfaktor? Es muss ja immerzu alles wachsen, warum also nicht das Wachstum selbst?) Dennoch ein vielversprechendes Wort. Fast so gut wie *Alkahest*, das allauflösende Allzweckmittel der Alchemie. Vielleicht reicht auch ein Wort pro Tag, dachte Maximilian. Es muss ja kein Satz sein.

Attentäter

Kein Gesicht in der Erinnerung, die Sache auch schon wieder viel zu lange her, um noch zu kitzeln: Die Schande bleibt am Opfer kleben, so war das immer. Er konnte sich an Knäuel erinnern, ein Knäuel aus Leibern, das er seltsam von außen vor sich sah, auch wenn er durchaus mittendrin gewesen war. Sie hatte sich nicht wirklich gewehrt, das tun die eh nie.

Ziegelstein am Gaspedal. Das muslimische Frauengewand: der Versuch der ultimativen Entstellung des weiblichen Körpers. Hasserfüllt hatte er sich ein fadenscheiniges Geschirrtuch um den Kopf geschlungen, humorlos unter dem Kinn verknotet, und sich im Spiegel betrachtet: Wäre gar nicht nötig gewesen, Madame, Sie sind auch so schon hässlich genug. Er erinnerte sich selbst an die alten ländlichen Frauen seiner Kindheit, auf einer Sommeralm, einer Winteralm, die rustikale Muster getragen hatten. Es bedarf eines bestimmten Kniffs, eines Knicks, der das Tuch um die Stirn spannt, eines zweiten, der die Kinnnähe gewährleistet: der das Gesicht staucht. Wer so was freiwillig hatte tragen können? Diese Frauen in Kastenmänteln, breit wie Einbauschränke, die nur noch watscheln konnten, trugen es jedenfalls: Und selbst dann sahen sie einem nicht einmal ins Gesicht ... (Und schon war das online, er hatte schließlich Follower, die was geboten haben wollten.) Dabei hätte er diesen Frauen, wenn er wollte, eine bessere Zukunft bieten können, wenn er darüber nachdachte. Denn wenn eine Frau nicht redet, sondern still die Hausarbeit macht und kocht – das Schlimmste wäre das nämlich nicht. Und Kochen konnten die offensichtlich: Außer dem Fressen kannten die wohl nicht viele Vergnügungen. Obwohl, die sahen wahrscheinlich viel älter aus, als sie waren. Und je älter, desto willig, und schlussendlich zu allem bereit. Felle schwimmen nun mal davon, mit oder ohne Kopftuch. Ob die Männer wirklich das Sagen hatten? Er bezweifelte das. Er war kein Kleingeist, er war ein gebildeter Mann inklusive vollendeter Berufsausbildung. Sogar mit Waschmaschine, die er bedienen konnte.

Nachher redeten die groß, dass sie es eigentlich gar nicht gewollt hätten, aber er hatte immer den Verdacht gehabt, dass das nur dazu diente, das eigene Vergnügen an der Sache, das ihnen in ihrer Jugend von einer schwachsinnig verkorksten Moralvorstellung ausgetrieben worden war, zu verschleiern. Er lachte über seinen Wortwitz. (Voller Erfolg beim Followervolk.)

Der Aufwand steht gar nicht dafür, Gnädigste, glauben Sie mir. Ohne das blöde Tuch würde ohnehin kein Hahn mehr nach Ihnen krähen, denn, das habe ich schon verstanden, an diesem Tuch hängt Ihr Status. Wenn der praktische Zweck der Verschleierung allerdings die Verhässlichung sein sollte (weil sich ansonsten brunftbereite Männer vor lauter überquellenden Medusenreizen um Kopf und Kragen brachten), dann stellte sich ab einem gewissen Alter des zu verhüllenden Objekts die Frage, ob die Tücher nicht schöner machten, denn zumindest sah man nichts von Haarausfall und grauem Nachwuchs unter immer irgendwie strohiger Haarfärbepeinlichkeit.

Andererseits: Seit zwei Jahren kein Fremdsex mehr. Schon hart. Und das war eine Prostituierte gewesen, unbefriedigend, hatte er gefunden. Also nicht im eigentlichen Wortsinn, aber hinterher. Nein, er wollte schon, dass sie wenigstens so tat, als ob sie wollte. Wenn sie ihm einen Höhepunkt vorspielte, wo keiner war, was tat ihm das? Ihr Pech. Vielleicht wäre es mit Männern erfüllender? Man weiß, was man voneinander will, versteht die Sprache? Jetzt, wo das konservative Lager die Anerkennung der Homosexualität als Ausweis christlicher Gesinnung vor sich her trug ... Schon pervers. Aber er war nun mal heterosexuell bis ins Mark, da konnte er sicher sein. Und diese eine Kuh, die er in Reserve hatte halten wollen, hatte auf dem

Absatz kehrt gemacht, als er sich ihr – elegant, wie er fand – zu nähern versucht hatte. Hatte gedacht, er hätte es nicht bemerkt, ha, sagte er: am Kuh- am Schwanz- am Rausziehen.

Maximilian

Mit dem Fischkopf hatte es Folgendes auf sich: Der hatte sich aus dem Traum heraus verselbstständigt. Anders gesagt, er hatte von dem Fischkopf geträumt, bevor er ihm tatsächlich begegnet war, und zwar nicht an einem Fischstand, auf ihm ausgebreitet wie der Schwertfischkadaver – und er hatte *Kadaver* gedacht –, den er vor Jahren einmal auf einem italienischen Markt gesehen hatte, undenkbar, das Tier zu essen, dass da so ausnehmend tot zur Schau gestellt wurde, gut einen Meter lang mit hängendem Schwert und aufgedunsenem Fleisch unter der grauen Haut. Nein: angerichtet auf einem Teller. Und der Kellner hatte gesagt: enjoy. Die Frau, die ihm gegenüber gesessen hatte, war nicht Sophie gewesen, das Essen ein Versuch, sich vor einem neuen Gegenüber in günstigstem Renommierlicht zu zeigen, stilsicher, auf dem Laufenden, und dann war ihnen dieser Fischkopf serviert worden, was die Temperatur des Gesprächs ein wenig drückte. Statt dass sie gelacht hätten, wurde schnell klar, dass keine Gemeinsamkeit in Sachen Humor zu erzeugen war. Wäre zugegebenermaßen auch billig gewesen, das Drehen an der Selbstironieschraube: Frittierter Fischabfall in Gold. Nun, hatte er gedacht, auch ein Weg der Entscheidungsfindung. Und nun stand der

Fischkopf als fixes Traumelement zur Verfügung. Der Blutsauger war er.

Ihm war im Grunde schnell klar geworden, dass die Neugier siegen würde. Wie es sich anfühlen könnte, den Blutkreislauf zu teilen. Dass ihn das verjüngen würde, bezweifelte er. Für die Dauer des Zusammenschlusses, ja, das wäre logisch, wenn sich das Immunsystem ein paar Anreize von Seiten des Jüngeren holen würde. Aber mittelfristig? Glaubte er keine Sekunde. Dann eher eine Künstliche Intelligenz, die – angekoppelt – an seiner Stelle alterte. Der Avatar des Maximilian Grau, Mausgrau, beispielsweise (ab wann entwickelt die künstliche Intelligenz ein Bewusstsein?). Dennoch juckte da etwas, reizte ihn. Real *for good*.

Gummistiefel

Dass man den Laptop aufschlägt wie eine mittelalterliche Handschrift (beidhändig, behandschuht) und die Lösung aller globalen Probleme daraus hervorspringt, das wäre mal ein heilsstiftender Ansatz, sagte ich mir, so kam ich zu den Algorithmen. Ein bisschen Arroganz war auch dabei, zugegeben, mich in einem Feld in Perfektion zu üben, ausreichend, dass es für die Pose reicht, im Feld der Programmiertechniken, von dem sich die meisten mit Schaudern abwandten und auch noch behaupteten, stolz darauf zu sein, nichts zu verstehen: auch Pose. Wer könnte schon stolz darauf sein, zugeben zu müssen, zu etwas zu blöd zu sein. Oder vielmehr zu denkfaul. Doch andererseits feiert die offensive Dummheit gerade ungeahnte Siegeszüge in der Publikumsgunst, nicht zum ersten Mal.

Dass allein die Ausgestaltung der Majuskeln dem Schriftbild und damit dem Geschriebenen Gewicht verleiht. Dass ein Bilderbuchpapierberg sich entfaltet, ein schöner strammer Berg unweit der Hauptstadt, auf dem ein vor Selbstgewissheit nur so strahlender Jungpolitiker hinter einem Mikrofon verschwindet und dem Publikum etwas von Schutz vorschwärmt und von Grenzen: Grenzschutz, dabei verschwindet das Mikrophon selbst in einem

Baumstamm, alpin und autochthon, wie man wohl noch hoffen wird dürfen. Brückenbauer will er sein, schön und schlank und stark und sicher. Und heimlich weiß er: Hier im Hinterhalt lebt es sich gut. Der Hinterhalt hinter der Hauptstadt, in den sich schon die Monarchie gern legte, um hurtig zu paktieren beim Aufstieg auf das Hochplateau, auch wenn die Menschen dort oben, zwischen dem hohen Gras, das an den Spitzen bleicht, und niedrigen Kieferngewächsen auf der anderen Seite grade eben nicht verschwinden: Man sieht noch, wer da mit wem und wo zugange ist. Nur selten schmuggeln sich unter die sommerfrischenden Dirndlaktivistinnen, die ihre Röcke heben, um Unterhosen mit unaussprechlich obszönen Botschaften darauf zu entblößen, die aufrührerisch sind, von Toten reden und von Ungleichgewichten und das Lodenvolk verprellen. (Die Toten sind hungrig.)

Die Entsolidarisierung, schrieb sie (denn mit welchem Gesellschaftskonstrukt wollte man sich schon solidarisieren?), der nackte Egoismus zulasten anderer wird naturgemäß zum Maß allen Denkens, zur Grundlage jeden Handelns, ein grausamer Imperativ, der höchstens manchmal ein wenig kurzsichtig scheinen könnte. Doch das nur den Halbherzigen. Konsequenz ist alles, und der Kniefall ist eine schöne Geste, die leichthändig aus dem Unterkörper kommen muss. Das formulierte die Redenschreiberin im Auto an einer Kreuzung; der Stau war so lange gewesen, dass sie nur ein paar Meter weiter hatte rollen können, und das ging spielend mit der Hand am Gerät. Frauen sind ja verhandlungstechnisch grundsätzlich schlecht aufgestellt – man müsste endlich Antworten auf die Frage suchen, warum eigentlich. Nicht einmal die Verknappung des Gutes Frau führt dazu, dass Frauen gut verhandeln könnten. Im Gegenteil, sie verhandeln sogar so schlecht, dass es wundert, dass sie überhaupt noch biologische Abschlüsse einfahren.

Alfons

Alfons dachte an die Ungarin, während er samt seinem Auto am Waldrand stand, die Tür geöffnet, um den Rauch zu entlassen. Die Ungarinnen erregen dich, die Slowakinnen pflegen dich, hatte er zu seinem Schwiegervater gesagt, das ist der Lauf der Welt, als die neue Krankenpflegerin ihr Zimmer bezogen hatte. Wo ist die Siggi? hatte der gefragt. Alfons nickte, die kommt gleich. Brauchst du noch etwas, fragte er, dann nahm er die Fernbedienung und gab sie dem alten Kämmerer in die Hand. Die Siggi würde nicht mehr kommen, sie war schon vor über einem Jahr gestorben, doch das wusste der Schwiegervater nicht mehr. Auf dem Schirm zeigte ein junger Präsident argumentative Ausweichkünste, einen wohltrainierten Oberkörper und eine überbordend großartige Meinung von sich selbst.

Alfons starrte in die dunkler werdenden Bäume, die zweite Zigarette frisch entzündet. Er hätte nun zu Susi fahren können. Oder zum Schießstand. Oder nach Hause. Auf keine der Optionen hatte er Lust. Jackie war ohnehin kaum noch daheim anzutreffen, zu wichtig geworden. Er hätte bei Maximilian vorbeischauen können, dem hatte er versprochen, nach den Bienen zu sehen, von den Eiern ganz zu schweigen, die Jackie in keltische Nudeln für ihren

Versandhandel verwandeln wollte, auch wenn er ziemlich sicher war, dass die Kelten nun wirklich nichts mit Nudeln zu tun gehabt hatten, höchstens mit Bandmustern. Aber die Bienen waren ihm allmählich so unheimlich wie Maximilian selbst. Der spinnt doch, sagte er. Dann fiel ihm ein, dass Maximilians Tochter wohl schon da sein musste. Ach, verflucht! Wenn sich einer aus der Reihe der Stämme löste. Ein Baum plötzlich wegginge, tut mir leid, wird Zeit, dass ich mal was anderes zu sehen kriege, man kann ja nicht immer in demselben kleinen Wald herumhängen. Es gibt noch viel größere Wälder, Wälder, die den Namen auch tatsächlich verdienen.

Maximilian

Im Zentrum für das *richtig gute Leben* fehlten ihm die lichten Räume seines Hauses. Das ferne Krähen eines Hahns erfüllte ihn mit Sehnsucht, obwohl sein eigener Hahn ein so dummes Tier war, dass es ihn enervierte: hier fehlte er ihm. Die aseptische Luft setzte ihm zu. Schutzisolierung, und er musste warten. Man hatte ihn zur Vorbereitung der Bluttransplantation in den Intensivbereich verbracht, doch mit einem Mal war die Geschichte eine andere: Nach reiflicher Überlegung eine andere Paarung, wenn er die Diktion entschuldigen wolle. Viel effizienter. Aus Dakar, schon seit einigen Monaten hier und wirklich mit wunderbaren Vitalparametern. Sie müssten einander unbedingt kennenlernen, sagte sie, und Maximilian wusste, dass die Dozentin unter Druck stand, ein Plansoll zu erfüllen oder eine Umsatzsteigerung zu gewährleisten und ihren eigenen Job zu retten und dergleichen mehr. Die Hühner müssten eingesammelt werden, verlangte Maximilian. Die verkommen ja, sagte er. Und bei den Bienen dürften sich nur ja keine Mäuse einnisten, das Mausgitter sei regelmäßig zu überprüfen, sagte er, dann dachte er an Ruth. Die Ärztin sagte, ja, das werde sie veranlassen, dabei hatte seine Tochter das von Alfons übernommen, er wunderte sich über seine eigene Verwirrung, mit dem fehlenden Internetzugang fühlte er sich erst wirklich aus der Welt, und das, dachte er, war er auch.

Ruth würde das schon erledigen, Ruth, die er allerdings nicht einfach anrufen konnte, wenn ihm etwas einfiel, da im Zentrum leider kein Mobilsignal zu finden und die Freischaltung des Festnetzanschlusses neben seinem Bett anscheinend noch in Arbeit war. Die Ärztin argumentierte munter weiter für sein ununterbrochenes Hierbleiben, auch jetzt, da alles etwas länger dauern würde. Doch da er immunsystematisch so gut eingestellt sei, dürfe man die Gelegenheit nicht verpassen. (Die Wahrheit war, wie die Privatdozentin dann zugeben musste: Der junge Mann, der für Maximilian ursprünglich als Spender vorgesehen gewesen war, hatte offensichtlich das Interesse verloren. Äthiopische Oberschicht, sagte sie, zu gute Anwälte: Studiert jetzt, und wo bleibt da der Anreiz?)

Später am Tag gelang es ihm doch, wenigstens kurz vor die Tür zu treten, um zu telefonieren: Ja, sagte Ruth, er solle sich ganz entspannen. Das lokale Krankentransportunternehmen verrauchte vor dem Eingang seine Dauerpause, die Dienstleistung war nicht sonderlich nachgefragt. Maximilian stellte sich dazu, frisch der Schleuse entkommen, die

Pivatdozentin hatte nicht aufgepasst. Ihm war klar, dass sie ihn hier als ein wenig lahm betrachteten, als gutwilligen Einfaltspinsel, dem man nur mit dem Moralischen kommen musste, und schon ging er in die Knie – er sagte etwas in die Runde, etwas, das sie auf das Mittagessen beziehen mussten, wie er im Nachhorchen realisierte: Er hinkte den eigenen Gedanken hinterher. Ihn störte das nicht, und er fragte sich, ob diese Gleichgültigkeit jetzt etwas mit einem inneren Reifungsprozess oder bloß mit beginnender Verblödung zu tun hatte.

Gummistiefel

Die Werbebotschaft für die Bauunternehmerin (wenn sie das richtig verstanden hatte), die sich in die Verwertungskette eingehakt – vom unverwechselbaren Wert der Marke gehört – hatte, ging leicht von der Hand. Zumindest anfangs. Online-Handel aus dem keltisch konnotierten Göttinnenbauchladen, Kräutersalze, Salben, Klangschalen, Duftöle: Deessen-Devotionalien. Die große Mutter kennt dich und deine tiefsten Geheimnisse. Nun ist es an dir, die Göttin in dir zu erwecken. All deine innere Kraft musst du fokussieren und die empfindlichste Haut für die Wohltat einer biodynamischen Behandlung empfänglich machen. (Eine wahrhaft elysische Eloge.) Dann geriet die Gebrauchstexterin doch ins Schleudern: das Scheitern wenigstens episch, wenn schon nicht das Geschriebene. Denn wie, wenn nicht in voller Pracht und Herrlichkeit, sollte man scheitern?

Es ist der Drang zu dominieren, den man klar sichtbar herausarbeiten muss. Der hat den Sex-Appeal, den die Sache braucht. Der dominante Mann, sagte die Redenschreiberin dann beim Anblick eines wohltrainierten Oberkörpers, der epiliert und gepflegt unter einem Sakko hervorschimmerte, glaubt als solcher an sich selbst. Er überzieht die

Welt mit seinem Hohn und lässt sich dafür feiern, gerade auch von den Klügeren, die glauben, seinem Zauber damit ein Schnippchen zu schlagen. Die Welt liebt ihn für seine Unverletzbarkeit. Sie lebt ein bisschen mit, sie hofft, sich etwas abschauen zu können. Ein bisschen Glanz von ihm auf sich selbst umzuverteilen, durch ordentliche Anbetung. Denn man wird sich doch nicht irren, kann man gar nicht. Und wenn der Augenschein dennoch dafür spricht, dass man sich geirrt haben könnte, dann ist der Augenschein ganz allein selbst dran schuld. Höchstens das Umfeld des guten Mannes wagt man mit Zweifel zu betrachten, schlecht gewählt, passiert den Besten (dem guten Kaiser, der von nichts Bösem weiß). Nur verlieren darf er nie, das kann man schließlich selbst zielsicher und viel zu gut, da braucht es keine Projektionsfigur.

Der Herbst scheint immer früher einzusetzen, auch wenn er dafür umso wärmer bleibt, doch das sind Fake News, gegen die mit aller Härte vorgegangen wird, sonst sagt noch einer glatt die Wahrheit!, die Blätter verlieren an Kraft in der Hitze, entfärben sich ganz ohne Tageslichtentzug.

Attentäter

Dann kam ihm die erlösende Idee: Keiner traut sich zu genau hinzusehen. Anonymer geht ja gar nicht. Alles, was die Zeugen dann beschreiben könnten: eine Frau im Vollschleier am Steuer des Kleinbusses. Den dann später ein Mann im Anzug verlässt, ebenso inkognito, der die Verschleierte dann umso besser beschreiben würde können. Nein, nicht zu sehr auffallen. Besser Meter machen. Weites suchen.

Die Vorstellung, die Körper einfach zu zerquetschen, die Gliedmaßen zu zerbrechen und die splitternden Teile ineinanderzuschieben, zusammenzumantschen und anzurühren zu einem Blut-und Splitterbrei, wie das wohl klang? Letztens dieses Bild der frisch zum Terrorismus Konvertierten, die stolz darauf waren, vier Menschen mitsamt den Fahrrädern überrollt zu haben. So sehen also Mörder aus: ganz normal eigentlich. Wenn man's nicht wüsste, doch selbst wenn man's weiß, verändert sich das Aussehen keine Spur: Das Morden liegt gänzlich innerhalb der Bandbreite menschlicher Normalität. Tötung ist Normalfall. Warum nur immer das Theater?

Maximilian: Maurice

Als er Maurice schließlich kennenlernte, schlug man ihnen vor, doch gemeinsam spazieren zu gehen – so schnell, dachte Maximilian, kommt das Bevormundetwerden im medizinischen Kontext, es geht selbstverständlich damit einher. Maximilian wusste nicht, was er sagen sollte, er schwieg. (Die Rücksichtnahme auf die Immunsupression plötzlich kein Thema mehr, die Passierscheine waren sofort ausgefüllt für ein Speeddating der besonderen Art, so wie die bevorstehende Verbundenheit via Doppelportkatheter.) Der schöne schmale dunkle Mann, der ebenso schüchtern zu sein schien, wie Maximilian sich in diesem Moment fühlte, lächelte. Er hätte ihm fünf Jahre weniger gegeben als die 30, die er laut den Unterlagen hatte. Von der Seite her also schon grenzwertig, hatte ihm die Ärztin erklärt, aber andererseits. Wir gehen weiter! Und schon öffnete sich die Vordertür der Schleuse, schloss sich, der Zwischenraum wurde mit aseptischer Luft durchgespült.

Wenn ich dich jetzt von innen spüren würde, mit dir dich fühlen, weil wir eine gemeinsame Außenseite haben, was sagt dann die Identitätspolitik dazu? Aucune idée, sagt Maurice. Und tief drinnen, schien es Maximilian, waren sie sich darin einig, dass es sich lohnte, sich vorzustellen, jemand anderer zu sein als der, der man nun mal ist. Als ob man das je wüsste, wandte Maximilian leise ein. Diese ewige Forderung, in sich hinein zu hören. Ob ihm das nicht auch ein wenig windstill vorkomme, da drinnen? Das sprach er nicht aus, er hätte nicht gewusst, in welcher Sprache. Und Maximilian schien es, dass Maurice antwortete, heftiger jetzt: Keine Ahnung, wovon du sprichst. Woher weißt du überhaupt, dass du du bist? Damit fängt es ja wohl an. Tja, sagte Maximilian, da hatte Maurice jetzt den Nagel auf den Kopf getroffen, die Frage verwob sich von ganz allein mit seinen bösen Vermutungen in dieser Hinsicht: dass er nun mal nicht sicher sein konnte, ob er ein Bewusstsein hatte. Vielleicht nur die raffinierte Vorgaukelei des Gehirns. Ich weiß es nicht. Je croix.

Ruth

In einem heller werdenden Morgen, in den sie sich nun gerne zurückversetzte – noch ein bisschen bleiben, ein bisschen länger in diesem Schwebezustand, in dem nichts wirklich real war oder vielmehr alles gleich gegenwärtig, das Licht, die Bäume, die Geräusche der anrollenden Fahrzeuge, die Nähe eines anderen – hatte Ruth den Entschluss gefasst, den Job aufzugeben, und als der Gedanke einmal formuliert war, hatte es kein Halten mehr gegeben: Alles neu, alles frisch wie die sich aus dem Dunklen herausformenden Baumsilhouetten ringsum, die feinen Randlinien der Herbstblätter, eine neue Ausbildung, ein neuer Tag. Damit die Dramaturgie dieses Lebens endlich ein paar Wende- und Höhepunkte aufweist. Ist ja wirklich banal sonst. Nichts als das banale Morgengefühl eben nach einer schlaflosen Nacht, soviel hatte Ruth gewusst, als sie diesen jungen Mann, der ihr plötzlich so nah gewesen war, im Park zurückgelassen und sich endlich auf den Heimweg gemacht hatte. Sie war ihm dankbar, und obwohl sie keine Möglichkeit mehr hatte, ihn zu erreichen, da er namenlos in den Morgen verschwunden und mit der erwachenden Stadt, der falschen, wie sie vor längerer Zeit gedacht hatte, verschmolzen war, hoffte sie, dass – auf irgendeine mehr oder weniger transzendente Weise, da wollte sie sich gerade nicht festlegen, schon gar nicht prinzipiell – ein wenig Dankbarkeit bei ihm ankommen würde.

Daran dachte Ruth wieder, als sie die Tür des Hühnerstalles ihres Vaters öffnete, das Hüten seines Hauses war als Aufgabe gerade richtig gewesen für die Zwischenzeit, in der sie angekommen war, zwischen dem alten und dem neuen Leben. Eigentlich war es ganz nett, sich einmal um den Vater zu kümmern, wenn sie sich auch weniger um ihn kümmerte als um die Folgen der Leerstelle, die er hinterlassen hatte. Die Schlafmittel gingen ihr ab, aber andererseits hatte sie die absichtlich zu Hause gelassen Wie viel schöner war es doch, sicher zu wissen, dass man einschlafen würde, als sich der Wachheit bewusst durch eine Nacht zu quälen! Die Vorliebe ihres Vaters für Hühner konnte sie nicht ganz nachvollziehen, das Eierproblem war dank der Nachbarin zwar gelöst, doch der Gestank der Tiere und ihrer Exkremente lag ihr noch Stunden nach der Arbeit im Stall unangenehm in der Nase.

Gummistiefel

Also, kein Wunder, dass die Redenschreiberin sich einen gewissen Namen erwarb, fand sie zumindest selbst. Und, so viel wollte sie klarstellen, der alte Präsident war es, der sich von der Begegnung mit ihr etwas versprach, ganz klar. Was genau es war, an dem er sich zuerst entzündete, wusste sie nicht mehr, jedenfalls beschimpfte er sie ein wenig mit den üblichen Beigaben, hysterisch, blutverschmiert und so weiter, aber das kennt man ja schon, Vorgeplänkel. So zeigt man sein Interesse, wenn man als Mann der Tat gelten will, man muss ja auffallen unter all den potentiellen Autokraten. Es sollte Frauen geben, die das erregend fanden, die darin eine tolpatschige Tölpelei sehen, um tiefere Gefühle auf romantische Weise zu bekunden; sie zählte nicht dazu. Ich hatte andere Ziele, schrieb die Frau mit den Gummistiefeln an sich selbst, zur Übung und Erinnerung. Und da ich dachte, dass schlechte Publicity die beste sei, feuerte ich ihn ein wenig an, war ja nicht weiter schwierig. Eigentlich zu leicht zu bespielen, unter meiner Würde. Doch man sollte Machtmenschen dieses Schlags nicht unterschätzen, das war vielleicht mein Fehler. Nichts als ein taktisches Ablenkungsmanöver, dieses Gepoltere. Sein Fehler war, zu denken, ich würde mich eine so simple Weise knacken lassen, doch dazu später.

Mit diesem Präsidenten, dessen Schnauzbartruf im vorausflatterte, traf ich mich auf einer Berghütte, naja, war wohl eher ein Felsenpalast, ein in Stein gehauenes Angeberchalet, sowas musste ihm gefallen. Das Angeben hat ja seinen schlechten Ruf verloren, wurde vielmehr zu einer Tugend umgedeutet, Protzen ist Macht. War ja auch irgendwie kindisch, dass man immer nur puristisch über die Reduktion seine Klasse zeigen musste, dass die bewusste Auslassung für das ungeheure Potential des Freiraums stand, über den man verfügte, statt einfach mit dem zu prahlen, was man hat, so wie das jetzt gefragt ist: einfacher so. Und in Wahrheit geht es nur um den Unterschied, wer über den Unterschied entscheidet, ist souverän. Also alles große Oper, mit Stab und Security. Fliegen die Hubschrauber an, riesig, diese Dinger, wenn sie direkt über einen hinwegziehen wie Heuschrecken mit Propellern an den Gelenken, apokalyptische Reiter, die landen, wieder starten, und keiner soll wissen, in welcher Maschine er wirklich steckt. Er dann zerdrückt, der Schnauzbart nachbefestigt, etwas schief, der Rotorwind bestürmt den eher mickrigen Haaransatz, doch das sieht man nur aus der Nähe. Was später geschah, war unschön. Emotionen: ja, komische Sache. Dass man sich doch irgendwie verbunden fühlt, seltsam, hätte ich nie gedacht, auch wenn die Spur der Gewalt noch tief sitzt und die Bilder sich nicht einfach so vertreiben lassen. Er hat meinem Lächeln vertraut, ein solches Lächeln macht da mit, und irgendwie ich ihm ja auch selber. Alles harmonisch, alles nur hinter verschlossenen Türen, hat ja keiner gesehen, zumindest glaubt er das, unfassbar, wie naiv man sein kann.

So konnte ich mich jedenfalls auf Präsidentenebene etablieren, denn ein Präsident hat den anderen im Schlepptau und schleppt ihn in die Runde von Gleichgestellten, deren Gleichere man sein muss: Wo ich bin, ist die Mitte. Wenn man sich selbst als Material betrachtet, sich vom eigenen Empfinden distanziert, ist das alles kein Problem. Nase zu, Geld vor Augen, und eins gibt das andere, Sie wissen schon. (Ich habe das Material, meinen Körper, in der Abwasserrinne zurückgelassen. Darf nur nicht vergessen, ihn am Rückweg wieder abzuholen, sonst liegt er da so nackt und leer und ohne jede Aussicht, und ich weiß, dass er mir fehlen würde, wenn ich weitere Schritte plane, und das tue ich, was sonst.)

Attentäter

Wenn man dieses dumpfe Volk, diese vor sich hin schwelenden Gefühlsbrandnester einfach mit einer ihnen angemessenen Sprache bedienen könnte. So wie früher. Er dachte schon, dass ein paar ordentliche Hiebe die meisten Unklarheiten heilen konnten. Hausbedienstete, Handwerksgehilfen, all die, die es nur darauf anlegten, aktiven Menschen Steine in den Weg zu legen mithilfe taktisch angewandter Schlamperei, Unkenntnis und reiner Unverständigkeit an ihren Platz zu verweisen. So eine richtig schöne spätmittelalterliche Ständegesellschaft musste etwas für sich haben, oder frühneuzeitlich? Das müsste man angelegentlich recherchieren. Und er bog in einen seiner wollüstigeren Tagträume ab, gerade als er das Auto vor einem verlorenen Landgasthof zum Stehen brachte. Dumpfes Volk, sagte er noch einmal, doch was half es, die Natur rief nun einmal. Und ein schlimmer Verdacht beschlich ihn, drängte sich sogar schon länger auf, wenn er ehrlich war, immer in dieser zwielichtigen Zone am Rand der Wahrnehmung: Dieses Volk ist ja den Namen nicht wert, in dem man sich andererseits um es bemüht, sich für es aufopfert als Attentäter, denn irgendwer muss ja die Arbeit tun. Doch nur wenigen ist es vorbehalten, diejenigen in ihrer

Bedeutungstiefe wertzuschätzen, die die Fron auf sich nehmen, da hilft es, mitzufilmen, so erreicht man die Richtigen, die, auf die es ankommt. Und die Nachwelt, da war er sicher, würde schon die Spreu vom Weizen trennen können! (Wer, wenn nicht die Nachwelt! Für irgendwas musste es sich doch lohnen.)

Bürgermeisterin

Das Geheimnis ist ja, dass man mit so ziemlich allen auskommen muss, und diese Kunst beherrschte sie auch bis zur letzten Spitze ihrer leicht auftoupierten, lockigen Haare, die mit ihr aus der Zeit gefallen waren und sie dadurch so unangreifbar machten. Sie lächelte hier, sie fragte dort nach, dabei taxierte Susi, die Wirtin, ihre Gäste: Die ja, die dort sicher nicht, die hatten nicht umsonst gleich einen der schlechteren Tische bekommen. Nicht dass sie schlechte Tische gehabt hätte, aber es gab natürlich Unterschiede. Und sie irrte sich selten bei der Zuteilung. Dass die Leute sich dann entsprechend ihrer Einschätzung verhielten – über die immer gleichen Dinge beschwerten, beispielsweise –, konnte sie nur bestätigen.

Alfons ließ sich nicht blicken, obwohl er angekündigt hatte, mit einer Jagdgesellschaft zu kommen – unangenehm für die Vorratshaltung, wenn er sein Wort nicht hielt. Wie oft hatte sie ihm das schon erklärt, auf dem Ohr war er taub. Erreichbar war er natürlich auch nicht, warum auch! Manchmal. Manchmal hätte sie ihm sein unterwürfiges Lächeln vom Gesicht reißen mögen, wenn er dann endlich kam. Schuldbewusst den Kopf einzog, als würde das etwas ändern. Es sind die Tatsachen, die man schafft und auf die es ankommt! Er begriff das nicht, was sie wiederum nicht verstehen konnte: Wie konnte man etwas, das so klar auf der Hand lag, nicht sehen? Ein Fremder stand im Raum zwischen Theke und dem Tisch, an den sich nicht jeder setzen durfte, und überlegte offenkundig, es eben doch zu tun. Zum Glück war das Gerichtsverfahren für sie ausgegangen: Dazu kam es noch, dass sie den Großvaterwinkel abräumen müsste, nur wegen so eines blöden deutschen Touristen, der Anstoß daran genommen hatte, dass der Großvater in SS-Uniform abgebildet war, und der die Empörung gleich teilen hatte müssen. Da hatte er sich allerdings mit der Falschen angelegt und sie gleich kennengelernt! Sie sah der Tür neben der Theke beim Schwingen zu, die jedes Mal voller Entschlossenheit einen Schwall Küchendünste in die Wirtstube schob, nicht dass sie das noch gerochen hätte. Doch hätte sie sie gerochen, hätte ihr nahrhafter Charakter ihre Zufriedenheit noch unterstrichen: Die Entscheidung, in die Verewigungsfantasien von Menschen, die sich ansonsten schon alles geleistet hatten, zu investieren, konnte nur zukunftsträchtig sein. Die Zukunft dauert ja so lange, ziemlich unendlich lange, könnte man meinen, und wer von denen, die etwas auf sich hielten, wollte der Zukunft die Gegenwart ihres unvergleichlichen Selbst vorenthalten? Die sauerstoffarme

Atmosphäre unter dem gemeindeeigenen Niedermoor war einfach ideal für biomedizinische Experimente, wie sie den Investoren hatte klarmachen können: beinahe keimfrei. Der Eingangsbereich auf dem alten Gasthofgelände die ideale Ergänzung, behutsam und stilvoll in die geschichtsträchtigen Mauern eingepasst.

All das und noch viel mehr tat sich unter den blonden Locken, deren Formation, wie gesagt, eher einem gewissen Vorjahrtausendwendenstil verhaftet war. Aber der war in der Zwischenzeit auch schon wieder auf dem Vormarsch, ohne dass die frohe Kunde davon in diesen Winkel vorgedrungen wäre, ihr Gesicht ließ keine Regung erkennen, der Fremde sprach sie an, ohne dass sie es hörte. Die ganze Wucht der Bürgermeisterinnenignoranz zeitigte schließlich Erfolg: Er trollte sich, der Troll.

Gummistiefel

Die Redenschreiberin des Präsidenten saß über der Formulierung *Lebenswertes Leben bis weit nach dem Lebensende*, das solcherart einer bestimmten Gruppe von sorgfältig ausgewählten, wertvollen Mitgliedern der Gesellschaft zuteilwerden sollte. Falsch, zu negativ, neu, affirmativ: b*is weit über das Lebensplansoll hinaus?* Für wen sie eigentlich schrieb, das war nicht ausgesprochen worden, die Unterhändlerin war sich in vagen Andeutungen ergangen. *Fitness für alle Aggregatzustände* gefiel ihr auch, denn der Mensch verflüssigt sich unter durchschnittlichen Atmosphärenbedingungen weitgehend nach dem Ableben. Das Geld war gut, man hatte sie umschmeichelt, ihre Blogbeiträge gelobt, ihren erfrischenden Blick auf die Welt, ihre Referenzen, Geld fließen lassen, noch bevor sie richtig zugestimmt hatte. Wie sollte man da widerstehen? Dass das Geld eigentlich zu gut war, hatte sie nur anfangs gedacht. Als der Vorschuss kam, und sie es von Tag zu Tag hinausschob, ihn zurückzuüberweisen – ein Gedanke, den sie in einem plötzlichen Anfall von Skrupeln angesichts der politischen Praxis im Land des Auftraggebers durchaus gehabt hatte –, zu wohlig döste ihr Kontostand auf dieser Fettschicht, als ihr angesichts der Summe klar war, dass das eine

Once-in-a-lifetime-opportunity war, als man auf ihr Zögern nachfragte, ob sie noch etwas benötige?, wusste sie, dass sie nicht ausschlagen würde. *Bis ins weitere Idealleben? Ins ideale Weiterleben?*

Ständig bereit sein, obenauf zu schwimmen. Die Beckenrandbedingungen nur als Voraussetzungen für taktische Züge betrachten, so soll es sein: Inhalte beschweren nur. Nichts geht über die geschmeidige Kühle der Machtausübung, die man nur haben kann, wenn die narzisstische Bestätigung von Anfang an alles dominiert, wenn das Ich ungebrochen im Zentrum steht, sollen die Umstände sein, wie sie wollen. Ansonsten kannst du dich abstrampeln, so viel du willst, du ersäufst mir höchstens. Dieser von innen kommende Instinkt für die Oberhand, die kraftvoll nach vorne durchschlagende Hinterhand, der das Atemholen folgt, kann man nur im Geist still bewundern, immer eine Armlänge voraus.

Der Präsident hat uns gebeten, die Welt zu retten, sagte sie. (Er war, wie man hörte, ein wenig verstimmt über die schlechte Presse der letzten Zeit, und wenn er verstimmt war, war das nicht schön.) Mindestens. Das herrschaftliche *WIR* geht gleich auf uns über. Alles andere wäre engstirniges Denken – sie stellte sich eine Stirnhöhle mit nahe nebeneinanderliegenden Augenwülsten vor, denn das Schöne ist auch das moralisch Richtige, oder im Umkehrschluss: Das Hässliche ist das Minderwertige! Und das erklärt auch gleich, warum Geld eben doch zu Recht als Wertmaßstab herangezogen wird, anders gesagt, warum gutes Geld gute Taten hervorbringt, hervorbringen muss! Sie war ganz begeistert von ihrer Schlussfolgerung, sodass ihr der Text derart leicht von der Hand ging, aus der Tastatur floss, gewissermaßen. Und es gefiel ihr dann doch wieder sehr, sich die Zielfigur vorzustellen, den heißen Traum der Duckmäuser und Dirndlträgerinnen, den Kaiser, der sich nicht scheut, auch ohne Kleider aufzutreten. Der das gar nicht scheuen muss, der sich mit Stolz für den Jungpräsidentenkalender ablichten lässt. Jeder Untertanin ihr Spindbild!

Maurice und Maximilian

Die Abstimmung der Verdauungszyklen war ein Problem. (Die Wochentage hatten im Unterschied zu den Tageszeiten, die die Zyklen der künstlichen Beleuchtung vorgaben, sehr schnell an Bedeutung verloren.) Sie hatten zwar eine Aussparung in der Trennwand, in der sie die Kopplung einführen konnten – das war das Geringste, und an Geräusche und Gerüche gewöhnt man sich schnell, schwierig war der Rhythmus. Couplage, sagte Maurice. Wir können die Tage benennen, ganz wie wir wollen. Später träumte Maximilian von Blutsaugern, die an seinen Hals andockten, mal einer, mal eine anderer, von hinten, und dennoch wusste er, wer sie waren und fühlte sich mit ihnen still verbunden. Mit den meisten schien er ein gutes Verhältnis aufzubauen im Lauf der Zeit, nur einer war ihm unheimlich und ausgerechnet der begleitete ein Aufschrecken, ein Aufwachen, das auch Maurice fast aus dem Schlaf gerissen hätte. Das Synchronisieren des Schlafrhythmus wurde chemisch unterstützt, sie nahmen zur selben Zeit dieselben Pillen, zwangsläufig. Nach der ersten Woche, die sie noch in einer der für den Knochenmarktransfer gestalteten Hochsicherheitsräumen verbrachten, waren sie nun auf der offenen Station, und die Erkenntnis, dass man in ihrem Zustand (mit verbundenen Blutkreisläufen) weder ein Bier noch einen Tablette alleine zu sich nehmen konnte, war zwar trivial, in ihren Auswirkungen dennoch immer wieder überraschend. Sie lachten darüber. Sie lachten darüber: Ich bin nicht ich. Sage: Ich. Überhaupt war die Linie an Medikamenten, die sie zu allen Mahlzeiten zu sich nehmen mussten, erstaunlich. Die Blutdruckmessgeräte wurden symmetrisch über der Couplage (dem Port, wie das Personal sagte) angebracht, die Leitungen am jeweils anderen Arm gelegt. Das Doppelwesen fragte, warum das doppelt nötig sei. Das sei eben das übliche Vorgehen, wurde ihm beschieden, und die Gegenfrage, seit wann das üblich sein konnte, da sie doch angeblich die ersten waren, blieb ungestellt.

Die T-Shirts und Pullover und Trainingsjacken, die alle seitlich mit Klettverschlüssen zusammengehalten wurden, erinnerten Maximilian an Kinderausschneidebilder, er versuchte, Maurice das zu erklären, for children, sagte er, paper figures: Alles nur der Augenschein von Sportbekleidung. Alles falsch, sagte Maurice auf Französisch, soviel verstand Maximilian (ein Funke Subkutanität?). Die Sprache war nämlich das noch viel größere Problem: Maximilians Englisch war leidlich, ganz ok für seine Generation, aber Französisch, nun, eine andere Sache, und Französisch wiederum beherrschte Maurice perfekt, ein afrikanisches Französisch, elegant und kehlig. Oft ging das Sprechen in ein Lachen über, und Maximilian wusste nicht, ob seine eigene sprachliche Ungeschicklichkeit die Quelle der Heiterkeit des anderen war. Endlich beschlossen sie während der stundenlangen Auswertungsroutinen am Vormittag in englisch-französischem Mischmasch, joggen zu gehen, auch wenn das Betreuungsteam entsetzt war, die Privatdozentin Mur, eine sportliche Frau, hatte allerdings Verständnis gezeigt und gemeint, das könne vielleicht den Stoffwechselprozess beschleunigen, sie werde sehen. Allerdings wäre da die Haftungsfrage, sie könnten nur auf Revers, auf eigenes Risiko eben, das Gelände verlassen, doch die genaue juristische Abklärung würde dauern, sie bitte um Verständnis. Doch wenigstens stand da endlich die Realisierung der Idee des Idealwesens im Raum, im Außenraum, Mann an Mann, Arm an Arm, vier Arme und vier Beine und zwei Köpfe, die das Moor suchen gehen würden. Swamp, versuchte sich Maximilian, und dann fiel ihm ein, dass das Sumpf hieß; Marais, sagte er in einem seltenen Anfall von sprachlicher Hellsichtigkeit.

Die richtige Haltung schien schon eher schwierig zu werden, der Zug, der sich bei der kleinsten Bewegungsverzögerung einzustellen drohte, war Maximilian unheimlich. Eines Morgens hatten sie in ihrem ganz speziellen Doppelzimmer geübt, wie sie sich nebeneinander und hintereinander stellen konnten, Rücken an Rücken wie zum Duell war das kein Problem, und Maximilian fragte sich, wie man das Konzept eines Duells definieren sollte, und kam schon beim Gedanken an das Thema und seine möglichen kolonialistischen Implikationen ins Stolpern (er holte die Zunge noch vor dem Sprung ein). Die andere Variante, die sie dann noch ausprobierten, einer mit der offenen Körpervorderseite hinter dem anderen, war seltsam intim, die Arme zwischen ihnen hielten die Spannung, Maurice hinter Maximilian, dann entwirrten sie sich wieder, standen einander gegenüber, hoben die Arme wie zu einer eckigen Tanzbewegung, Maximilian drehte sich darunter durch, war nun hinter Maurice, hätte das Kinn auf dessen Schulter ablegen können, der ein Stück größer war, nur wozu? Sie lachten verlegen, setzten sich und hoben symmetrisch und synchron die Deckel ihrer Frühstückstabletts ab. Dass dieser Präsident zur Eröffnung des Zentrums angeblich kommen würde, sollte die Aufmerksamkeit der zahlungswilligen Öffentlichkeit anheizen, bemerkte Maximilian; um dem eigentlichen Zweck der Geldwäsche einen plausibleren Rahmen zu geben, vermutete Maurice. Der Arzt unterbrach sie: Das Doppel-CT-Gerät laufe aufgrund technischer

Schwierigkeiten nicht korrekt an. Invasive Untersuchungen seien ja leider auch nicht möglich. Deshalb in der Testphase der Parabiose stündliche Blutabnahmen, aber zum Glück ja kein Problem aufgrund der Zusatzleitungen, die ausnahmsweise, und er wiederholte das, nun auch zur Blutabnahme genutzt würden (ein unerhörtes Vorgehen, das müsse er schon sagen, aber außergewöhnliche Umstände erfordern eben ebensolche Maßnahmen). Er machte sich ans Werk. Hier haben wir Samplereihe A und Samplereihe B und AB aus dem peripheren Port, wenn der schon da sei. Dann versuchte er sich im komischen Fach: Schön wäre es ja, sagte er, wenn Maximilian Alzheimer hätte. Oder wenigstens Parkinson. Das ergäbe wenigstens Messwerte, die auch was aussagten. Aber so.

Das Schlafen war allerdings schwierig, nicht nur wegen der regelmäßigen Kontrollbesuche des Pflegepersonals. Jede Drehbewegung konnte potentiell zur Katastrophe führen, ein greller Riss stand im Raum, der nur durch die Kopplung verhindert wurde, die als steife Doppelmanschette dem Schmerz vorbeugte. Das unterschwellige Rauschen der anschwellenden Immunreaktionen begleitete ihn in den Schlaf, in dem er von Hühnern träumte, auch von dem Hahn, der sogar den Einkaufskorb begatten hatte wollen.

Ruth

Es war zugegeben nicht eben originell gewesen, der Zeitungsredaktion gegenüber mit ihren privaten Verknüpfungen punkten zu wollen: Aber dann hatte sie wenigstens die Reisekosten rausgeschlagen, und das war schon was für eine freie Mitarbeiterin, wie man ihr versicherte. Wenn man sich denn entschiede, im beiderseitigen Einvernehmen ein Vertragsverhältnis einzugehen. Es müssen ja immer beide Seiten zufrieden sein, sagte die Human-Resources-Frau des Medienunternehmens, die Ruth als ausgesprochen humorbefreit bezeichnet hätte: Ist der Job unter die Haut gegangen, oder ist die Grundkonstitution ausschlaggebend für die Berufswahl? Nicht immer leicht zu beantworten. Aber die Geschichte mit dem Präsidentenbesuch bot sich nun einmal an, und die Tatsache, dass man sie, einen noch nicht einmal ganzen Neuling, mit einem solchen Auftrag versah, bewies nur einmal mehr, für wie wenig wichtig man die österreichischen Verhältnisse hielt. Da wird dieses größenwahnsinnige Kleinkaiserreich auf das zurückgestutzt, was es ist, schrieb Ruth: ein Land mit dem Hang zur pornoästhetischen Schmierenkömodie, die sich nicht einmal selbst ernst nimmt.

Wieder da, sagte Ruth und weigerte sich, auch nur den Hauch eines Zuhausgefühls aufkommen zu lassen. Dieser Auftrag, schwor sie sich, dann nichts wie weg. Man zahlt für jede Anmaßung, dachte Ruth.

Mann: Mann

Der Fernseher im Trainingsraum lief in Dauerschleife: Der frühlingsgeborene Jungstier darf artgerecht den Pferch abmähen. Nur in die Nähe der Muttertiere sollte man nicht kommen, auch wenn sie fette Milch geben, die üppig aus der Quelle quillt und von verständigen Händen in traditionellen Modeln in gelbe Butter, das Gold der Alpen, verwandelt wird. Autoliebhaber aller Generationen sammeln sich inmitten des Frühlingswiesentals, um ihre schnittigen Blechkisten auf Hochglanz zu polieren. Der Almsommer kündigt sich an. Dazwischen Volkstanz und Schuhplatteln und Schenkelklopfen. Dem eigenen Körper anerkennend auf die Schulter zu schlagen, sich selbst beglückwünschen. Und da war ja auch was dran: wenn man den Lotteriegewinn in Sachen Geburtsort ernst nahm, dann musste man die Krume auch verteidigen. Weißt du, wie sie uns nennen? fragte Maurice. (Der Onkel war niemals bis zum U-Boot-Kapitän aufgestiegen, wie er später zu seiner Ernüchterung erfahren hatte. Egal: Zum Angeben auf dem Spielplatz war es so oder so effizient gewesen. Fast so schön wie Leuchtturmwärter, hatte er als Kind befunden, ebenfalls eine, im Licht des Wissens um den Berufsalltag betrachtet, wohl eher eintönige Tätigkeit.)

Das Duschen war trotz allem schön. In sich mit sich allein, das war er wohl immer noch, obwohl ihm manchmal Zweifel kamen: Die Hautzellen an der Grenzschicht mussten sich doch mischen. Die Blutzellen sowieso. Und hatte das Einfluss auf sein Gehirn? Es musste doch Einfluss haben, ganz abgesehen davon, dass sein System auf ungeheuerliche Weise vom System eines Jüngeren profitierte, zumindest behauptete das Zentrum das, ihm war noch nichts aufgefallen, und der andere hatte dann naturgemäß Nachteile davon, wie sollte es anders sein. Kommunizierende Körpergefäße, und die Summe der darin eingeschlossenen Flüssigkeiten bleibt annähernd gleich. Der Rechtshänder und der Linkshänder, das ergab zwei perfekt funktionierende Hände an den Außenseiten. Dass er nie auf die Innenseite vordringen würde, wenn er sich nicht zu fragen traute, dachte Maximilian. Dass das Nichtwissen über den anderen schließlich auch nicht Zweck der Übung sein konnte. Dass alles, was er vermutete: dass der andere in einer Form Wiedergutmachung suchte für eine eingestürzte Mine beispielsweise, an deren Kollaps die miesen Arbeitsbedingungen in den Besitzungen eines multinationalen Investmentkonglomerats schuld waren – doch wer war schon schuld? Es gab schließlich immer Subauftragnehmer, zwischengeschaltete Firmen, die den Schub abfingen. Dass er mit nichts als Projektion zurückbleiben würde, wenn er nicht endlich fragte, doch alles, was er fragte, blieb auf der persönlichen Ebene, Familie, Kinder, sowas, und Maurice zahlte mit selber Münze zurück.

Diese doppelte Körperabwicklung hat ja auch ihre innere Logik. Eine Weiterentwicklung des Menschenmodells, ein Gegenentwurf zum interaktiven (via Implantat Zugriff von außen bietenden) Maschinenmenschen: der Menschmensch. Die Mausmaus: Die ersten Versuche zum Zusammenschluss der Blutkreisläufe waren mit Mäusen gemacht worden, das hatte die Ärztin erzählt, und mit Ratten, doch die Ratten hatten sich gegenseitig tot gebissen. Um einen Mitmenschen ertragen zu können, muss sich der Mensch erst mal selbst ertragen, und das ist wohl das Schwierigste überhaupt, die entscheidende Aufgabe in so einem Menschenleben.

Er träumte von einem postmodernen Hauptquartierstempel einer Armee, in den er aufgrund existenzieller Fehlinterpretationen hineingeraten war. Ein offenes Kommen und Gehen, solange, bis man ihn in einem Seitenraum einkreiste und er plötzlich verstand, dass er angeklagt war, des Mordes angeklagt. Er sagte, er wolle doch nichts als seine Ruhe haben. Nur seine Ruhe, und man antwortete ihm, die werde er bald haben, heute noch, wenn alles gut ginge. (Die Wände von grünem Schimmer: das Zentrum sah er plötzlich von Pilzhyphen durchwachsen, vom Myzel eines Schlauchpilzes, der mit Grünalgen Hand in Hand geht.) Träumen kann ich noch alleine, entgegnete er seinen Traumfiguren, und änderte einfach die Szenerie. Das war das ganze Geheimnis und ein Ergebnis des Reifungsprozesses. Die Hühner!, sagte er, aber Jackie kümmerte sich um die Hühner, oder Alfons, das wusste er ja, nein: Ruth. Er sah seine Tochter, die einen anderen Weg einschlagen wollte, sie lachte ihn im Traum an und sagte, sie wolle wissen, ob es noch ein zweites Weltall gebe, nur so zur Sicherheit. Ob er mit seiner langweiligen Existenz nun zufriedener sei, fragte jemand beim Aufwachen.

Gummistiefel

Der Präsident hat uns gebeten, die Welt zu retten, sagte sie. Und dass man für diesen Anlass eine Autochthone gesucht hätte, eine waschechte in der deutschen Sprache Einheimische, die ihnen zur Eröffnung eines einzigartigen Forschungszentrums für ein *differentiated, customer-focused business model* für absolut bahnbrechende, in ihrer experimentellen Kühnheit ungeahnte und genau deshalb richtungsweisende Projekte (*that continue to deliver*) eine angemessen kühne Rede schreiben könnte, da der Auftraggeber aufgrund seiner engen persönlichen Verbundenheit seinen tief empfundenen Respekt vor der Kultur und Geschichte des Gastlandes undsoweiterundsofort in eben dieser Sprache demonstrieren wolle – und sie brauchte nicht sonderlich lang in den Netzwerktiefen zu graben, um die passenden Informationen zu diesen Schlagworten zu finden. Allerdings hatte sie anschließend einige englischsprachige Schlüsselbegriffe austauschen müssen, man hatte sie hierfür gleich vorweg um Verständnis gebeten – sie persönlich gestand sich übrigens durchaus ein, dass dieses eine Gummistiefelbild des Präsidenten in Angelpose eine Rolle dabei gespielt hatte, sich für den Auftrag zu entscheiden. Tracht der Macht, Macht der

Tracht, trächtige Macht. Erfrischend. (Wir sind mehr als die anderen, wir sind die MEHR.)

Tracht an die Macht, schrieb sie. (Der Werbeauftritt für den Onlinedevotionalienhandel der Lokalmatadorin war übrigens auch schon erledigt.) Potenzial der Provenienz. Provinzpotenz. Nun ja. Schließlich hatte sie einen Ruf zu verlieren. Ehre: immer ein erfolgversprechender Begriff. Das größte Gift überhaupt. Nach der Reinheit vielleicht. Man müsste eine Statistik in Auftrag geben, welches der beiden Konzepte, die noch dazu so gerne Hand in Hand gingen wie ein Trachtenpärchen, wie kam sie jetzt auf Trachtenmärchen?, welches der beiden mehr Leid zu verantworten hatte. Ehre war überhaupt etwas Männliches, und die männliche Ehre bezog ihre Selbstrechtfertigung gerne aus der Kontrolle über die Sexualität einer Frau. Der Präsident liebte seine Ehre, so viel war sicher. Wann hatte er sie zuletzt nutzbringend eingesetzt? Nur nicht durch zu viele Mitschnitte quälen, das kleistert nur den Verstand zu, das Potential zur freien Rede ... Freie Rede. Auch immer gut. Und die Trennung von Umsetzungshoheit und Kunstfreiheit. (Das ist er der Würde seines Amtes schuldig, dass die Umsetzungshoheit ganz auf seiner Seite liegt, auf Seiten der Politik eben.)

MM

Das einzige, was M wirklich überraschte, war, dass ihm die Einsamkeit nicht abging. Haut an Haut mit einem Fremden zu wohnen, mehr noch, gemeinsam in einer Art gemeinsamer Haut, das war ein Konzept, dass nur als Idee seltsam klang, die Realität der fest verbundenen und in einer Art Plastikgeschirr steckenden Hände nahm der Sache jeden Hauch von Überhöhung, man gewöhnte sich einfach daran. Dass er nicht das geringste Problem damit hatte, einen anderen ständig an seiner Seite zu wissen (die makellose Woche), dass er es geradezu genoss, war allerdings verwunderlich. Was denkst du? fragte er zum Beispiel, da saßen sie nebeneinander am Klo, nur durch eine dünne Wand getrennt, seine Hälfte, um den zentralen Schacht aus nacktem Beton herumgeformt, ergab ein leicht gekrümmtes Trapezoid, das er liebgewonnen hatte. Die Umluftanlage wälzte sensorengesteuert lautstärker als sonst Partikel vor sich her. Was denkst du, sind die Menschen schon reif für die Demokratie? M entgegnete: Wir können zwar getrennt wählen, müssen die Folgen aber gemeinsam tragen. Wir stinken weniger als am Anfang, sagte M. Da war was dran, dachte M, der Ausscheidungsgeruch, den sie am jeweils anderen unangenehm bemerkt und, vielleicht um die Peinlichkeit bis zum Ende auszukosten, auch diskutiert hatten, war weniger unangenehm geworden. Wahrscheinlich eine Folge der Kopplung der Immunsysteme, sagte Maurice, und Maximilian musste sich anstrengen, ihn zu verstehen. Sie lächelten einander an, als die Spülungen rauschten. Die Immunsuppression kam noch dazu, die Immunsuppression machte andererseits auch empfindlicher für Gerüche, vielleicht hatten sie die Dosis gesenkt. Keine Ahnung, was wir da alles kriegen. Sie warteten gemeinsam auf den Effekt, den sie einander versprochen hatten, nämlich den Körper des anderen in irgendeiner Form als den eigenen wahrzunehmen. Der Pfleger kam, und Maurice fragte ihn, ob es in dieser Institution bereits einen Kollektivvertrag gebe. Maximilian dachte daran, dass er Maurice endlich seine Laufstrecke zeigen würde, der Prozess der Zulassungserteilung für den Außenbereich für die Träger des parabiotischen Experiments dauerte allerdings immer noch.

Gummistiefel

In die neue Zeit gehen. Aufbrechen. Den Herrschaftsbegriff aus seiner unnatürlichen Unterwerfung führen. Wieder zu einfachen Dingen stehen, die selbstverständlich sein sollten: Der Primat des Höherstehenden oder der weiße Primat, was sich von selbst versteht, wenn man nur genau hinsieht. Gibt es nicht ein Naturrecht darauf, jemanden für die Tatsache, dass er zum Opfer wird, zu verachten? Macht ihn das nicht automatisch selbst verantwortlich, erst recht, wenn wir schon dabei sind, sie? Die natürliche Hierarchie formt eine gerechte Gesellschaft. Dann lässt sich eine Gesellschaft ruhig als plurale Veranstaltung definieren, kommt nur drauf an, wie man die Unterabteilungen abstuft. Sicherheit erfordert Gerechtigkeit, und Gerechtigkeit ist selektiv, je nach Verdienst und Grundvoraussetzung, Gerechtigkeit ist Grundbedingung, Grundlage, die Grundfesten sind aus Sicherheit gebaut. Was tut man nicht alles für die Sicherheit? Und weil Grenzen erst durch ihr Überschreiten existent werden, heißt es: Überschreiten, was das Zeug hält!

Bürgermeisterin

Ein trüber Tag drückte die Stimmung im Wirtshaus, als würde die Decke weiter herunter hängen als sonst, als seien die tragenden Balken auf einmal tiefer gelegt. Der Vorsitzende des Kameradschaftsbundes, ein dunkelhaariger und eher bleicher Mittdreißiger, fragte beim zweiten Bier die Wirtin leicht gereizt über die Theke hinweg, ob sie denn noch nichts von der Geldwäscherei gehört habe, die der eigentliche Zweck dieses Zentrums sei, dieser elitären – er packte allen Hohn in die Stimme, den der Alkoholisierungsgrad so schmierig nahelegte, vielleicht doch schon das dritte? – Forschungseinrichtung mit den perversen Experimenten, die jetzt auf einmal Höhlenmenschen in die Gegend brächten, irgendeine Gutmenschenschweinerei. Aber über die Finanzgebarung würden die schon noch stolpern, er verfüge da über eine sichere Quelle, er habe da Zugang zu den engsten Kreisen eines Großinvestors, wenn sie verstehe. Er war tatsächlich ein schöner Mann, stellte die Wirtin fest, aber leider nicht der Hellste. Und irgendwann zeigt sich die Dummheit auch im hübschesten Gesicht. Schade, dachte sie. Das hier war jedenfalls kein Ort, an dem man Tote schweigend verscharrte, hier kannte man die Leichen im Keller der anderen und redete darüber.

Das glaubte zumindest die Bürgermeisterin, war ja ihre Aufgabe.

Der Kameradschaftsbundvorsitzende saß nun an seinem angestammten Tisch, an dem Tisch, an den sich nicht jeder setzen durfte, und bewunderte etwas auf seinem Tablet, den Bienen-Blog von jemandem, dessen Namen er eben hinausgerufen hatte und der der Wirtin vage bekannt vorkam, ein Bienenvölkerbollwerk gegen Fremdbienen aus dem Südosten, wie der Kamaradschaftsbündler in Echtzeit berichtete, während er das tabletgerahmte Bild trimphierend hochhielt – aber wer kam ihr nicht bekannt vor? In ihrer Position, in ihren beiden Tätigkeitsbereichen wurde ihr Geist ständig von Eigennamen und dem dazu gehörigen Datenschweif durchwandert, und sie hatte sich angewöhnt, das alles ziehen zu lassen, eine buddhistische Herangehensweise, die Jackie ihr einmal beigebracht hatte (Coaching-Ausgaben): kommen sehen – vorbeilaufen lassen – verabschieden. Das war das einzig Wahre für ein ausgeglichenes Karma. Die wirklich wichtigen Sachen kriegt man nämlich nicht auf legalem Weg. Das goldene Klo hat der Präsident stehlen lassen, wer sonst!, sagte der Vorsitzende und bekam einen Lachanfall.

MM

Auch wenn die Bevölkerung[1] hierorts eher dünn gesät war: Sie starrte und schwieg, als hätte sie Maximilian noch nie gesehen.

Versicherungstechnisch war die Geschichte, wie die Ärztin prophezeit hatte, problematisch gewesen, doch schließlich hatten sich die Prozeduren gütlich lösen lassen. Am Ende musste ein Revers mehrfach unterschrieben und von verschiedenen Instanzen gegengezeichnet werden: Wo sind wir denn? fragte M.

---

[1] Starrte, und wie sie starrte, sie kam gar nicht mehr zum Grüßen. Bis man optisch zum einheimischen Menschenteil gekommen war, war der Moment schon verrauscht. Schwarze hatte man in der Stadt schon gesehen und als Sicherheitsleute und im Laufhaus und in mehr oder weniger legal gestreamten Serien. Hier war natürlich nicht Amerika, hier wurden keine Farbigen von der Polizei so nebenbei bei Routineeinsätzen umgebracht. Hier war man stolz darauf, keine Sklavenhaltervergangenheit zu haben, also keine große. Angespuckt hatte man persönlich auch noch niemanden, man hatte wohl davon gehört. – Man verwies darauf, dass schon im 18. Jahrhundert ein Hofmohr Logenbruder werden konnte. Die Mohrenapotheke war ganz harmlos, die war samt der nackt knienden Wulstlippenplastik historisch so gewachsen und unschuldigste, reinste Folklore. Man wusste, dass Afrikaner Prinzen waren, theoretisch (Könige aus dem Morgenland, dem das Morgen und das dem Morgen gehört, viele Morgen), von denen abgesehen, die man an den Schutzwällen und in den Wassergräben verrecken ließ, exemplarisch, da konnten sich die anderen ein Beispiel nehmen!, erkannte man schon an, dass sie ebenso existieren durften wie alle anderen. Hatte alle Vorurteile abgelegt. (Geruch! Penisgröße! Überhaupt: sexuelle Aktivität! Feindliche Übernahme der Physiognomie: Fortpflanzungserfolg!) Die paar Nachkriegsrassenschanden hatten sich noch irgendwie in der Weißheit verloren. Man war weltoffen, schließlich war man auf Fotosafari gewesen. (Doch, man musste das Kind beim Namen nennen: Die waren viele und wurden immer mehr. Am Wort *mehr* kaute

Vor allem: Wann? fragte M, haben wir nicht eine moderne, effektive Bürokratie? Die Kupplung führten sie mit sich. Die Notfallsets aus Amphetamin, Cortison und Desinfektionsmittel waren gut verstaut. Doch gegen die Blicke hilft kein Amphetamin: Man fühlt sich erniedrigt, sagte M, man fragt sich, was man falsch gemacht hat.

Auch wenn die Stoßrichtung der Frage wohl genau verkehrt ist, entgegnete M. Das Problem, das sich daraus ergab, dass Maximilian langsamer war, lösten sie schließlich, indem sie sich auf ein schnelles

---

nun wiederum Maurice herum.) Und auf etwas anderes konnte die Erinnerung nicht zurückgreifen, es tat ihm sehr leid, dem Volk im allgemeinen, Zigeuner hatte es hier nie gegeben, und wenn, hatten sie zur Tarnung slawische Namen getragen, als hätte das Slawische allein noch nicht gereicht! Man wollte ja nichts sagen, alles beste Nachbarn, ein bisschen hing ihnen halt schon der Untermenschengeruch an. Sie machten die saisonale Drecksarbeit auf den Feldern und brachten nichts auf die Reihe. Man musste sich bloß ihre Verwaltungen ansehen, obwohl man auch schon gehört hatte, dass sie begannen, Grund aufzukaufen, diesseits der Grenze!, das konnte nicht mit rechten Dingen zugehen. Man dachte sich seinen Teil. Höchstens Zigeunerinnen hatte es gegeben, an die dachte man nicht ungern, solche mit Herzen aus Paprika, Czardasfürstinnen und mordende Gräfinnen. Halt, da ist jetzt was durcheinander geraten! Egal: Juden jedenfalls hatte es in dieser Gegend schon gar nicht gegeben, weswegen man sie auch nicht hatte umbringen können, logisch, die waren ein städtisches oder vielmehr ein globales Phänomen, das wusste man ja. Ausgestattet mit dieser vernünftigen Grundhaltung, auf die man stolz sein konnte, ließ man sich auch den dritten König beim Dreikönigsumgang nicht nehmen, samt seinem Schuhcremegesicht, das war hier einfach anders gemeint. Ein Zeichen der Bewunderung. Und dass Soliman, der echte schokoladenbraune Engel, ausgestopft worden war, nun, das hatte ja fast etwas Liebevolles. (Im Übrigen hatten schließlich auch die Mauren Europäerinnen versklavt, ein wenig bekanntes Kapitel der Geschichte, auf das man nicht oft genug hinweisen konnte.)

Gehtempo einigten. Maximilian war die Sache peinlich, Maurice sagte, entweder er akzeptiere es, so wie es sei, oder sie könnten es gleich bleiben lassen. Maximilian musste ihm recht geben.

Alles noch kahl vom Winter, doch es gefiel ihnen in den Sonnenstrahlen, die schon wieder steiler durchs Geäst drangen und das Unterholz durchschnitten. Dann verlor Maximilian auf einmal die Orientierung, er bremste abrupt, was für beide schmerzhaft war; dort, wo eine der entscheidenden Abzweigungen gewesen war, sah auf einmal alles anders aus: Es hatte sich eine seichte Grube gebildet, wohl bis zur halben Höhe mit Wasser gefüllt, maarartig. A Moor in the making, sagte die eine Menschenhälfte und dachte sich nicht viel dabei, sie gingen weiter, fanden den Moorwanderweg und betrachteten die noch starre Vegetation, und Maximilian ertappte sich dabei, wie er sein durchaus überschaubares Wissen über fleischfressende Pflanzen, sauerstoffarme Böden und Ähnliches auszubreiten begann. Er verstummte, ein wenig peinlich berührt, sie setzten sich auf einen Baumstumpf, der neben der Informationstafel zur Bank umfunktioniert worden war, und er holte noch einmal aus und berichtete von den *Bog Bodies* Nordeuropas, den Moorleichen, deren Existenz auf seltsame Bräuche schließen ließ – die Körper waren schließlich nicht zufällig im Moor gelandet, alle mit sichtbaren Zeichen der vorhergehenden Ermordung – und immerhin den unheimlichen Charakter, der diesen Feuchtgebieten hierzulande zugeschrieben würde, manifestierten. Das war nun ein Thema, das bei der zweiten Hälfte auf Interesse stieß und eine längere Diskussion über den Begriff des Unheimlichen und seiner verschiedenen Bedeutungen in vier bis fünf Sprachen zur Folge hatte, Maximilians Anteil daran war eher gering, so einfach war das nämlich nicht mit dem Übersetzen. Und zu fragen, warum Maurice sich eigentlich auf den Handel eingelassen hatte, traute Maximilian sich nicht (unter welchem Zwang er gehandelt hatte, und ob überhaupt, oder, besser: Wie hoch ihm das Wasser stand? Welches Unrecht oder Forschungsinteresse ihn antrieb?). Doch fanden sie sich wenigstens in einem Gespräch, in dem sie sich selbst und ihren Zustand völlig vergaßen, auch schon was. Wenn sie aus dem Boden kommen, sind sie alle schwarz, sagte Maximilian, als Kind dachte ich, meine Vorfahren wären eben dunkelhäutig gewesen. Stimmt sogar, sagte M. (Ich habe es einfach so entschieden, würde Maurice erwidern, wenn man denn den Mut hätte, ihn zu fragen: So schnell gab er nichts preis, sicher nicht.)

Später diskutierten sie darüber, ob die linke Hand des linken Körpers – die gute – vom rechten aus betrachtet nun dessen zweite Rechte wäre? Und umgekehrt? Zwei gute Hände am idealen Zweikörper, sagte die Parabiose und machte sich wieder auf allen vier Füßen auf den Weg. Die Frage aller Fragen: Was war der Körper eines Schwarzen heutzutage so wert, wenn schon die Person darin es nicht war, sich nicht mal die Frage danach stellte? Diesseits des Mittelmeers kein Existenzrecht? Wenn man bloß den Körper vom Geist trennen könnte! Aber das war ohnehin nur mehr eine Frage der Zeit? Nein, sagte M, Geist ist Körper.

Im Zentrum

Elisabeth Mur saß an einem ausladend leeren Schreibtisch in Weiß und versuchte, Kurven an Messwerte anzupassen oder Messwerte an Kurven, was einigermaßen blödsinnig war, denn mit einer Messpunktserie konnte man keine Statistik machen und der Nachschub an Material wollte sich nicht einstellen. Doch die Investoren wollten etwas sehen, und der wissenschaftliche Anstrich war die Basis des Geschäftsmodells, man würde also Geld in die Hand nehmen müssen, das hatte sie der Chefin schon erklärt. Dennoch war das unbefriedigend für ihre wissenschaftlich lautere Seele, die immer noch hoffte, eine breit angelegte Studie mit verschiedenen Paarungen, die natürlich über die Mann-Mann-Interdependenz hinausgehen mussten – Organismen waren schließlich differenziert, also Frau-Frau, Frau-Mann, Frau-Transfrau, Transmann-Transfrau etc. –, würde sich als eine richtungsweisende und tatsächlich relevante Arbeit mit dem Titel CHAOS – *Clinical **h**aematological **a**nalysis **o**f parabiosis and reproduction cycles in classified **s**tem cell systems* entpuppen und sie in der Community ordentlich boosten, Die Wahrheit war allerdings, dass ihre Gruppe noch schlichtweg zu klein war, um solch eine Arbeit zu schultern. Sie würde in Kooperation mit approbierten Forschungseinrichtungen Dissertationen vergeben müssen, doch dafür haperte es noch an der Infrastruktur des Zentrums. Das, was sie hier machte, war jedoch so offenkundig sinnlos, dass sie statt den Messpunkten die Wand anstarrte, die ihr schon wieder grünlicher erschien, schließlich aufgab, speicherte und sich auf die Suche nach dem Oberpfleger machte, um mit ihm mittagessen zu gehen. Er hatte, wie sie, Kinder im besten Kindesalter, und so ergab sich immer ein Gesprächsthema, das so erfrischend von der Arbeit ablenkte.

Attentäter

Ich bin's, Ihr persönlicher Sterbebegleiter, einen schönen Resttag wünsche ich, er ist alles, was Ihnen noch bleibt. Der angehende Attentäter hatte sich für eine automobile Attacke entschieden: So elegant und auf der Hand liegend. Und eigentlich hatte er sich gedacht, dass es hier einfacher sein würde, an ein Tatwerkzeug zu kommen. Aber stattdessen hatte er noch ein homosexuelles Paar sehen müssen, Hand in Hand, und dann auch noch verschiedenfarbig! Verstehe einer die Provinz. Wenn er nur länger leben könnte, nicht unendlich lang, aber doch mehr so mehr in Jahrhunderten denkend. Freut mich, dass wir uns kennenlernen und Sie sich so offen zeigen, Sie holen damit das Bestmögliche für sich selbst raus, denn sagen wir es mal so: Ich kann das kurz und effizient gestalten oder auch qualvoll sich hinziehen lassen. Jedes Handwerk will gelernt sein.

Natürlich war ihm klar, dass es mittlerweile als Zeichen der überlegenen christlich-jüdischen Kultur galt, homosexuell zu sein, dass bedeutende Vertreter des rechten Spektrums dem eigenen Geschlecht zugeneigt waren, las man ja, hörte man ja, sah man ja!, ein Zeichen europäischer Liberalität und Aufklärung und was nicht alles, das es zu verteidigen galt. Aber tief im Inneren wusste er nicht so recht. Fand er es empörend, dieses Zurschaustellen. (Gelernt hatte er in Sachen Henkerskunde streng genommen gar nichts. Nur Do-it-yourself-Videoanleitungen studiert.) Und dann noch die Gemischtrassigkeit! Zumindest für solche Paare mochte der Toleranzanspruch sicher nicht gelten! Wobei man ja immer wieder feststellen musste, dass Farbige, solche von zugewanderten Elternpaaren, die radikalste Anti-Zuwanderungspolitik betrieben. Die wollten anscheinend allen anderen demonstrieren, wie weiß sie innendrin doch waren. Nicht dass ihnen das irgendwer abgenommen hätte. Zornig konnte man werden, und er war zornig.

Und außerdem waren die Schwulen nicht die Schlimmsten, das Schlimmste war diese Vorherrschaft der Frauen. Da hatte das Pendel zu weit in die falsche Richtung ausgeschlagen, selbst wenn die Emanzipation wahrscheinlich auch wieder so ein abendländischer Wert war, wer's glaubt, sagte er. (Zielen konnte er auch.) Wenn er endlich viel länger lebte als die anderen, dann bräuchte er nur Geduld haben, Altenpfleger werden und darauf warten, dass sie ihm eins ums andere in die Hände fielen, hilflos ausgeliefert seiner unendlich zähen Rache, kleinen Rachezähnen, die sich in die noch so viel endlicheren Körper bissen und jede Niederlage heimzahlten.

MM

Warum er überhaupt aufs Land gezogen war, hatte er doch kaum eine Beziehung dazu? Hatte über Pflanzen und Tiere und Komposthaufen viel gelernt, doch eigentlich wollte er nur den Wald sehen, neben dem Moor, mit dem Blick des Städters. Keine Bedrohung. Keine Sorge. Kein Kümmern, auch wenn die Brennnesseln überhand nahmen und das Obst verfaulte, das einzige, was er halbwegs im Griff hatte, waren die Hühner. Bei den Bienen war seine Herrschaft nicht so sicher. Städter, sagte er sich im Halbschlaf. Er war hinausgezogen, um in Frieden mit sich allein zu sein, und nun das. Darf doch nicht wahr sein! M zuckte mit dem Fuß, und M schreckte auf. Ob er auf dem Land gelebt habe oder in der Stadt? Stadt, sagte Maurice, und dass er keinen Fisch mochte. Und Maximilian sah Wörter, Gebrauchswörter, deren Signifikat ihm vor Augen stand, aber der Signifikant wollte sich nicht und nicht einstellen. Maurice war schon wieder eingeschlafen – er heiße eigentlich anders, hatte er gesagt. Maximilian versuchte, sich zu erinnern, es war eine lange Reihe von Namen gewesen. Maurice seufzte auf und drehte sich weg. Maximilian machte den Arm lang. Weißt du, wie sie uns nennen?, hatte er gefragt, eine rhetorische Frage. Wir sind hybrid, dachte er. Ich profitiere von der Aneignung fremder Körperzellen. Leidet sein Organismus bereits unter meinem? Was sagt die Wissenschaft? Wie kann es sein, dass nur er schläft und ich wach liege? Das ideale Doppelgeschöpf teilt sich in Nachthälfte, Taghälfte? Künstliches Milchlicht begann von den LED-Wänden zu sickern: ein Warnzeichen, dass der Morgen kam und dass er sich mit dem Einschlafen nun aber wirklich beeilen musste.

Gummistiefel

Dass Frauen immer so ein Unterwerfungslächeln an den Tag legen, wenn sie jemand anderem in einer Raumenge begegnen: verräterisch. Dass man der ständigen körperlichen Drohung, die von einem Mann ausgeht, einfach weil er über die Ausstattung eines männlichen Körpers verfügt, entgegenwirken könnte, indem man das Bedrohliche umarmt, bis es vor Begeisterung erstickt, ist die eine Seite. Oder so: Wenn du in dir selbst die Lust am schlimmstmöglichen Szenario herausarbeitest, kann es dir nichts mehr anhaben. Zumindest beinahe nichts. Resultat: die patriarchatskompatible Frau, selbst zugerichtet in allen Lebenslagen. Je liberaler der Markt, desto härter die innere Disziplin.

Dass sie die Religion, die ostentative Zurschaustellung, die öffentliche Abschnudelung religiöser Symbole – der sechste Kreis der Hölle? –, dass sie das bedienen würde müssen, eine andere Sache. Oder nicht, doppelte Heuchelei? (Korrektur: achter Höllenkreis, sechster Graben.) Nur dass ihr zu Religion so überhaupt nichts einfallen wollte. Also christlich. Christlich-jüdisch, hieß das neuerdings: Nicht nur Heuchelei, sondern Betrug und Verrat und Mord und dann auch noch Vereinnahmung. Ein prächtiger Anfang, darauf konnte man schon immer bauen. Gestalte den Verrat an den vitalen Interessen deiner Mitmenschen nur groß genug, und du kannst aus dem Material Dynastien errichten. Aus halbherzigen Schlächtern hingegen wird nie etwas werden ... Na, hoppla, sagte die Redenschreiberin, da hast du dich nun doch vergaloppiert. Wo waren wir? Die religiösen Symbole (an Luzifers Feld klammert sich der Held der Höllenfahrt, und aus diesem Gestrüpp könnte er etwas herausreißen und mitnehmen in die Oberwelt, wo er es dann als Talisman verwenden und sich damit schmücken würde). Die Werte. Herumgewertet wird doch immer nur gegen die anderen, geheimatet stets nur in Abgrenzung, warum also nicht auf einmal mit dem Rosenkranz herumwedeln? Zur Abwehr von Vampirinnen, Netzgespenstern, Webrenegaten. Auch alle zottelig.

Sie schob den Laptop zur Seite und suchte in ihren Ordnern nach dem anderen Auftrag, der alternativen Option, von der sie sicher war, dass man sie immer haben müsse. (Die keltische Kuh, Jaqueline, klopfte schon wieder an – übrigens war die Kuh ja schon von den Kelten verehrt worden –, wollte Nachbesserungen: Tauchstation.) Eine Option, damit man den Tisch auch verlassen kann, wie will man sonst verhandeln und den Preis hochtreiben ohne die dritte Option: schöner weggehen? Eben.

Nur war da nichts, nichts anderes, nichts Eigentliches, nichts, das zu tun gewesen wäre und einen Keil in diesen Arbeitsberg hätte treiben können, einen Fluchttunnel graben, der ihr die Angst hätte nehmen können, die sich plötzlich so unüberwindbar vor ihr aufwarf. Wie ein Mann müsste man schreiben. Wie ein pornofixierter Mann, der keinen Kontakt zum Leben pflegt und bedeutungsschwer im eigenen Sud kocht: der Bringer. Das dumme Sichdummstellen angepasster Frauen kommt da gerade recht.

Ruhe, sagte sie sich. So wird das nie was, und du willst schließlich Geld verdienen. Hinschreiben auf den gewünschten Umsatzwachstumswert, der natürlich seinen eigenen Inflationsinstinkten folgt; immer mehr. Immer mehr vom immer Mehr. Ja, das geht, muss gehen, das ist doch die Idee der Sache: den Erfolg herbeischreiben, den Erfolg des unübertroffenen T-Shirt-befreiten Alphamännchens. Da kann schließlich nicht viel schiefgehen.

Alfons: Attentäter

Wieder stand er im Dunkeln bei den Bäumen und rauchte, statt den Heimweg fortzusetzen, das hatte sich so eingeschlichen. Jackie schien ihn kaum noch zu beachten, wenn er denn endlich nach Hause kam. Sie hatte sich vermutlich in ihrem Büro vergraben und dort unter Abrechnungen: Das bereitete ihr offenbar eine besondere Freude. Hatte er nie verstanden, wie man freiwillig den Verwaltungskram auf sich nahm, aber gut, ihm konnte es recht sein, musste er sich nicht drum kümmern, eine Sorge weniger. Und auch Susi, nun, Susi war nicht verfügbar, war nur noch mit der Eröffnung und dem Präsidentenbesuch beschäftigt, sie hatte ihn gefragt, ob ihm jemand einfiele, den man für eine Rede engagieren könne, sie habe gehört, der Präsident seinerseits sei, wie stets, bestens vorbereitet, und man wolle sich ja nicht blamieren. Ihm fiel niemand ein, wie denn auch?!

Eine Gestalt löste sich aus den Reihen paralleler gleichförmiger Baumstämme (Nutzwald aus untergangsgeweihten Fichten, tja, gewaltige Fehlkalkulation, auf Nadelholzmonokulturen zu setzen, wie sich angesichts der Klimaentwicklung zeigte), als hätte Alfons nur darauf gewartet. Und tatsächlich hatte er das ja auch, auf etwas gewartet, auf irgendetwas, das passierte. Ein Mann trat aus dem Wald, mittelalt, soweit das aus der Entfernung zu beurteilen war. Er ging langsam auf das Auto zu. Alfons warf die Zigarette in hohem Bogen von sich.

Er habe Seltsames gesehen, sagte der Mann. Ob er ihn mitnehmen könne, Alfons ließ ihn einsteigen. Wo er herkomme? Nur ein Kurzurlaub, sagte der Mann, er habe spazieren gehen wollen, und da müsse er sich wohl verirrt haben. Alfons bestätigte, dass das wohl passieren könne, und fragte sich, was für ein Mensch um diese Jahreszeit zum Urlaubmachen in diese doch ein wenig abgelegene und für den Tourismus, da konnte Susi sagen, was sie wollte, doch eher unattraktive Gegend kam.

Man sei ja seines Lebens nicht mehr sicher. Die Homosexualität werde nun auch schon eingesetzt, um der noch unverfälschten Landbevölkerung das Rückgrat zu brechen. Weicht das Mark auf, kriecht in den Schädel und zersetzt das Denken, sagte er. Er habe gehört, dass es da ganze Versuchsreihen gebe. Er unterzog Alfons einer strengen Musterung von der Seite. Alfons gab Gas, ohne den Blick zu erwidern. Dann, als der Mann seine Ausführungen weiter vertiefte und nun bei den Höhlenmenschen angelangt war, die von einflussreichen Eliten hierzulande eingeschleust würden, bremste Alfons, fuhr an den Rand. Da sei eine Bushaltestelle, sagte er. Von hier käme er weiter, wohin immer er wolle, und Alfons hoffte, dass er möglichst weit weg wollte. Zu allem Überfluss strömte der Fremde einen unangenehmen Körpergeruch aus. Als der Mann sich nicht rührte, klinkte Alfons dessen Gurt aus, beugte sich über den anderen und öffnete die Beifahrertür. In dem Moment packte der Fremde ihn mit einer offenbar gut eingeübten Bewegung, schloss den Hals in die Armbeuge ein und stieß mit dem zweiten Arm und aller Kraft den Kopf zur Seite, um seinem Opfer das Genick zu brechen. Aber sowas muss man eben doch gelernt haben.

Nicht dass er das vorgehabt hätte, es hatte sich ergeben. Eine Gleichung, gewissermaßen, mit eindeutigem Ergebnis. Was auf der linken Seite ungeordnet herumsteht, muss schließlich zu einer sauberen Lösung auf der rechten Seite führen: Wer A sagt, sagte er. Schwieriger gestaltete es sich, den massigen Körper vom Fahrersitz zu wuchten, denn dass er ihn nicht in einem doch schon bewohnten Gebiet neben der Straße liegen lassen durfte, war klar, hätte seine Pläne von vorherein vereitelt; er musste einen geeigneteren Ablageort finden. Die ideale Frau, dachte er, wird gerade gebaut: die intelligente Sexpuppe, die aufrecht, das heißt auf aufrechten Stöckeln gehen kann. Das ist schließlich nicht jeder gegeben.

Maximilian

Da wachsen nun meine Zellen in deine hinein, deine zwischen meine, Pilzhyphen gleich, bilden Baumstrukturen im Plasma, gönnen sich ihre eigene DNA, und der Unsinn blüht. Du Menschmensch. Doch die Vorstellung einer funktionierenden Symbiose aus Angehörigen derselben Spezies führt ja zu keiner sonderlich neuen Lebensform: Menschgemansche, vom zoologischen Standpunkt aus vollkommen uninteressant. Von innen dagegen: die Idee eines anderen Rauschens, eines Rauschens des Bluts in neuen Bahnen, einer Kreislauferweiterung, eines Blutlanglaufparcours. Und diese Frage: Bin ich der Held meiner eigenen Körpergeschichte?

Der Tag der Bürgermeisterin

Die Uhr, jaja, die geht ja immer noch falsch, sagte der Sekretär und lachte vielsagend. Sie musste den Kerl loswerden. Später, derzeit keine Zeit. Natürlich wusste sie wie alle anderen auch, dass er Alfons' Sohn war (und übrigens, wo blieb der?), und dass Alfons es irgendwie als persönliche Beleidigung betrachten würde, wenn sie den Büroleiter Otto vor die Tür setzte – aber andererseits: Sie wäre schließlich nicht das, was sie war, wenn sie es allen rechtmachen wollte. Oder könnte. Doch das Wollen war entscheidend. Wenn man ihnen gar nicht erst das Gefühl gab, ein solches Entgegenkommen (das heißt: Unterwerfungsgestus) könnte auch nur ansatzweise in Betracht kommen, dann liebten sie einen dafür. Der Mensch will gedemütigt sein!, daran hatte sich Susi gehalten, seit sie sich erinnern konnte, und das war wahrhaftig eine Zauberformel. Dazu brauchte sie kein Coaching und kein Garnichts, das hatte sie im kleinen Finger. Vom Ich zur Marke und von dort hurtig weiter zur USP, zur einzigartigen Verkaufsproposition. Ob die Position oder die Person zum Verkauf steht, ließ sich in solchen Fällen zum Glück nie ganz klären. Und sie musste zugeben, dass sie die Vorstellung irgendwie charmant fand, einen Mann als Vorzimmerherrn zu haben, besonders gut gefiel ihr auch dieser Amtstitel. Gerade dieses Quentchen Feminismusgetue, dass man damit nicht aneckte und dennoch darauf verweisen konnte, sehr praktisch.

Sie sah alles wunderschön vor sich ausgebreitet: den Tagesablauf, den Empfang des Präsidenten. Wie er ihr entgegenschreiten würde, dabei war er in Wirklichkeit viel kleiner, als man es aufgrund der Bilder erwarten könnte, die ihn manchmal sogar mit nacktem, durchtrainiertem Oberkörper zeigten. Vermutlich kleiner als sie. Irgendwas an ihm erinnerte an James Bond. Und gleichzeitig an den Bond-Antipoden. Die Volkstanzgruppe aus seiner Heimat, die man engagiert hatte, gemeinsam mit der Musikkapelle aus der ihren: unter dem Siegel der Werte des christlichen Abendlandes ergab das eine ethnopluralistische Völkerverständigung, die sich die Handreichungshände gewaschen hatte. Eigentlich.

Der Experte für das Autochthone, der Jackies Weg zu ihrem Online-Handel mit keltischen Devotionalien in irgendeiner dunklen Web-Gasse gekreuzt und den sie – elegant! – an die Bürgermeisterin vererbt hatte, versuchte allerdings, Susi den Tag zu versalzen. Doch diese Spielverderberei würde sie nicht zulassen. Er höre rundherum, dass die Leute beunruhigt seien, dass nun auch hier, auf diesem ihnen anvertrauten Flecken Erde, der sich bisher aufgrund von Lage und Topographie eigentlich recht gut hatte halten können, nichtangestammte Sorten auftauchten, die machten sich breit, so schnell könne man gar nicht schauen. Der Zeitfresser nahm Fahrt auf: Es handle sich um eine äußerst eroberungsfreudige Spezies, brennnesselartig. Sie hatte gekontert, er hatte gesagt, er beschreibe bloß einen Zustand der Landnahme, die es zu verhindern gelte, so lange das eben noch möglich sei. Das erfordere Weitblick und Mut zu großzügigen Lösungen. Er hatte den Genpool, Patente und multinationale Konzerne ins Treffen geführt. Das als regressiven Vegetarismus zu bezeichnen, wie das leider zu oft geschehe, sei nun aber wirklich billig. In eine so wohlfeile Falle ließ sie sich nicht locken: Sie hatte gesagt, dass sie sich immer und stets klar von jeglichem Gedankengut dieser Art distanziere. Und distanziert habe! Er hatte, noch in der Tür, durch die sie ihn komplimentierte, nachgesetzt: Ob sie das Liedgut denn nicht kenne, dass man immer noch aufrecht pflege? In aufrechten Organisationen, die ihrer Partei, vorsichtig formuliert, mehr als nahe stünden? Er versuchte sich im Singen, sang etwas von Kuba und Aufstand. Dass das überhaupt der Grund dafür sei, dass man sie wähle? Ob ihr das nicht klar sei? Zucker? dachte die Bürgermeisterin.

Hätte nicht viel gefehlt und er wäre wirklich ausfallend geworden, schade fast, das hätte ihr Spaß gemacht. Vom Vorzimmerherrn natürlich weit und breit keine Rede, also auch kein Zeuge für ihre entschiedene Gegenwehr, leider. Als er dann kauend auftauchte, berief er sich auf die Uhr, was sonst. Diese unverfrorene Dummschläue hätte sie ihm gerne mit einem wohlplatzierten Haken ausgetrieben, samt den Dönerresten in den Backentaschen, ein für alle Mal! Aggression ist schließlich eine Kraft, die von innen kommt und die man nutzen können muss. Aggression, richtig eingesetzt, ist Stärke. Übrigens: Was war mit der Rathaus-Security? Einer davon war schwarz, übrigens, der Sicherheitsmann mit der Vorliebe für Martial Arts und Ritterspiele, wie sie mittlerweile begriffen hatte. Wobei sie gegen einen Schwarzen vor der Tür ja nun wirklich nichts hatte, sahen meist gut aus und nahmen einen als Frau auch noch jenseits der fünfzig Jahre und fünfzig Kilo wahr, überhaupt, wenn man blond war? Sie korrigierte sich: Der Kerl hatte natürlich einen Termin gehabt. Und was war mit Kuba? Schon wieder Krise an der Honigfront?

So schön hätte alles werden können, und dann kam der Anruf und traf sie wie ein Schlag in den Bauch. Der Herr Innenminister würde anreisen – anders gesagt, der Präsident hatte es zur Bedingung gemacht, dass ihm auf höherer Ebene begegnet würde. Nur so eine kleine Gemeinde, das wäre, nun, hatte der nette Kollege erklärt. (Als ob das in dem Kontext von Belang wäre.) Da aber der Herr Innenminister einen äußerst dicht getakteten Terminkalender habe, müsse der geplante Ablauf leider verändert werden, da der Bund natürlich Vorrang habe – nicht Wien, um Gottes willen, man hatte mehr an einen Auswärtstermin gedacht. In diese linkslinke Hochburg Wien sicher nicht! (Und wenn dieses Ministerbürschchen, dem sie noch vor zwei Jahren unter die Arme greifen hatte müssen, die Dimension dessen, was sie hier aufbaute, nicht begriff, dann war das sein Problem.) Aber Kahlenberg ginge, das wäre ja auch schon fast Klosterneuburg, wohin im Übrigen das Gesundheitsministerium demnächst verlegt werde, ein weiterer Schlag gegen diese ungeliebte Hauptstadt, die Arbeiten dafür liefen auf Hochtouren. Wie alles in dieser Regierung, das gute alte *Killen* durch *speed* eben – das passe doch herrlich zu ihren Plänen. Zwar müsste ihr Termin nach hinten verschoben werden, doch das Bild: Die Türkenbelagerung und die Rückeroberung der Hauptstadt, wenn das mal nicht positive Vorzeichen wären!

Die Geschichte mit dem Alpha-Affenmännchen und dem Weibchen im benachbarten Gehege, denen ein handbreiter Spalt zwischen den Zaunlatten gereicht hatte, um Nachwuchs zu zeugen, drängte sich an die Oberfläche. War bei genauerer Betrachtung inspirierend.

Nachbarin

Erst am mittleren Nachmittag, als Alfons immer noch auf keine SMS geantwortet hatte, kam Jackie die Sache seltsam vor. Sie wusste schließlich, wo er sich gerne aufhielt, aber dass er auswärts übernachtet hatte, ohne sich zumindest am späten Vormittag mit irgendeiner blödsinnigen Ausrede zu melden, das war neu. Dann allerdings war sie zu sehr mit unvorhersehbaren technischen Problemen im Gesundheitszentrum beschäftigt. Unvorhersehbares kommt schließlich immer daher. Und natürlich hätte sie bei Susi nachfragen können. Der Oberpfleger, der vor ihr stand und wiederholte, dass die Luftkennwerte schlecht seien, schien gerade ein wenig ratlos, die Chefärztin sei unauffindbar. Sie sah kryptisch durch ihn hindurch und sagte, dann müsse er sie eben suchen, anrufen, anpiepsen oder was auch immer, dass man Männern aber auch immer alles sagen musste!

Maurice, Maximilian, Trafikantin nebst Ruth

Natürlich wurde die Verbindung überstrapaziert: Was reißen kann, tut das auch früher oder später. Es blutete beiderseits gewaltig, trotz der doch überschaubaren Wundfläche, man könnte durchaus verbluten an sowas. Blöd war nur, dass der Riss nicht durchgehend war: Es war die Trafikantin, die die beiden aus der verdrehten Halterung schälen und mit einem Taschenmessser trennen musste (sie erwies sich als durchaus begabte Geburtshelferin). Die Klinik wird euch verklagen, sagte die Tabakhändlerin, während sie aus Streifen der erstaunlich steifen Anstaltbekleidung Verbände improvisierte, Vertragsbruch. Und unbefugte Anmaßung der Kompetenzen einer medizinischen Fachkraft, und das auch noch am Klinikgelände. Ich frage mich, sagte Maurice, ob ich jetzt deine Zellen töten werde, nicht zu klären. Sie teilten stattdessen eine Flasche Wein, auch an die hatte die Trafikantin gedacht: So schön rot, sagte sie. Départ, sagte Maximilian. Nach Dakar, sagte Maurice und: Umsonst gibt es gar nichts. Schon gar nicht das Wohlgefühl, ein Liberaler zu sein. Das hättest du vorher bedenken müssen.

Ruth näherte sich den dreien vorsichtig, der Vater hatte ihr die GPS-Koordinaten geschickt. Der

Wald war noch dunkel, wie stark doch die Farbe der Nadelbäume den Grünton definiert, dachte sie. Die Vorstellung, die ich von so einem Wald habe, ist doch immer ganz anders als die spinatsatte Realität. Freut man sich schon im Frühling auf den Herbst, weil er die Bedingung ist für ein neues, frisches Grün. Auf welchem Holzweg bin ich da? Das Vergehen als Grundbedingung für das Wiederentstehen, geht's noch? Sie trat auf die Gruppe zu.

Alfons

Als Alfons sich aus dem Graben quälte, hörte er verfrühtes Vogelgezwitscher. Ihm war auf grausame Weise kalt, der ganze Körper befand sich in der Klammer einer Kälte, die die Muskeln lahmlegte. Eine Kälte, die zunächst, noch vor der Bewusstwerdung, anheimelnd gewesen war, ein Ort, an dem man bleiben hätte können, an dem man sich als Teil eines in Ruhe vor sich hinliegenden Erdmassivs betrachten hätte können, nur um jetzt ihre ganze Schärfe zu entwickeln. Im Graben lagen auch schon Altlaub und leere Mäusenester und Plastikreste, die sich in solchen intimen Landschaftsritzen immer ansammeln, dorthin verweht, geworfen, gespült. Alfons kroch noch einige Meter auf allen Vieren herum, bevor es ihm gelang, sich aufzurichten und das ganze Ausmaß der Verwüstung an den Beinen zu begutachten.

Showdown

Die Bürgermeisterin verlässt unter Begleitung des Sicherheitstrosses das Rathaus – spät am Tag, geht aber lichttechnisch grade noch so –, wobei ihr ganz klar gezeigt wird, wer hier das Sagen hat. Sie hält abrupt an, um den Lippenstift nachzuziehen, so viel Freiheit nimmt sie sich, mitten auf der Straße, die das Rathaus mit dem Eingangsbereich des *Good Life Centers* in den ausgehöhlten und völlig neu gestalteten Mauern des ehemaligen Gasthofs verbindet Die am Rand stehende Bevölkerung bildet ein begeistertes Selfiestickspalier. Eine Unterabteilung des Kameradschaftsbundes paradiert mit polierten Hochglanzuniformen aus der Kaiserzeit, es gab Unstimmigkeiten über prinzipielle Glaubensfragen. Das Licht ist also nicht mehr ganz so gut, aber man hofft noch auf einen prachtvollen orangeglühenden Sonnenuntergang. Weil: Der Minister, lästig wie immer.

Der Attentäter scheitert, nein, nicht an den Sicherungstonnen, an einem Kreuz am Straßenrand, das den Ort eines tödlichen Unfalls bezeichnet und das er übersehen hatte, fährt aber immerhin Alfons' Auto zu Schrott, das wird ein Fall für den Abstellplatzbesitzer werden. Da packt den Attentäter nun aber erst richtig der Zorn, man könnte ihn heilig nennen, wenn das nicht zu abgedroschen wäre – andererseits fühlt er sich wirklich so an, blutrot und mit zackiger Goldumrahmung –, und ihm fällt ein, dass er eine vom ursprünglichen Besitzer wohl ganz legal erworbene Pistole mit sich führt (die Pistole hatte er sich mit dem Auto genommen, das passte ganz generell zu seinen hohen Ansprüchen), und zwar im Handschuhfach, das glücklicherweise noch nicht so verzogen ist, dass er nicht auf dessen Inhalt zugreifen könnte. Er steigt also aus und verbirgt die Waffe unter der Jacke, stürmt in Richtung Menschenansammlung und schießt auf das erste Objekt, dass sich bewegt, ist gar nicht so einfach, wenn einem die Übung fehlt. Dieses Objekt wiederum wäre wohl die Volkstanzgruppe gewesen, wenn er fünf Minuten früher unterwegs gewesen wäre. (Die ganze Truppe hatte am Vortag an einer Treibjagd auf Alfons' neu erstandenem Forstgelände teilgenommen und bewunderte nun ein wenig wacklig auf den Beinen die besten bebilderten Postings, *part of some different game*, Landschaftskauf gegen Jagdeinladung oder so.) So erwischt er die Redenschreiberin des Präsidenten, als sie sich um einen Poller herumdrückt (der Poller frühlingshaft frisch bemalt, die sollen wenigstens was gleichschauen, fand die Gemeinde). Und der Redenschreiberin schwante ja schon länger, dass das alles noch seinen Preis haben würde und Geld nicht umsonst kommt, vor allem nicht in solch rauen Mengen. Was sie eigentlich hier will, weiß sie selbst nicht so genau – wenn da nicht die Einladung gewesen wäre, schlanke Schrift in patzigem Gold auf Schiefergrau. (Golden umrandet ist nun auch ihre Silhouette im Gegenlicht der untergangsbereiten Sonne, blendet den Schusswilligen und zieht ihn gleichzeitig an). Aber das ist nun auch schon egal. Ob sie ihren Schusswunden erliegen wird, steht noch nicht fest, der Attentäter wird jedenfalls von der Security des Ehrengastes erledigt. Alfons taumelt eine Forststraße entlang, während Maximilian, Maurice und die Tabakhändlerin ein abendliches Picknick im Grünen veranstalten. Der gerade eben noch Kameradschaftsbundvorsitzende sitzt in einer Buschenschank den verbliebenen linientreuen Burschen vor, man macht Volksverräter aus.

Der Apostat reist im Gefolge Ruths an, nicht dass sie ihn dazu ermutigt hätte. Aber er hat da was installiert und kommt hauptsächlich deshalb, weil er ein Verehrer des Präsidenten ist. Er hat sich die Haare wachsen lassen, bastelt an der richtigen Bauchmuskulatur, geht barfuß und bietet Maximilian von mehreren (nicht rückverfolgbaren) Mail-Adressen die Übernahme von dessen Haus an, um fortan einen Biobauernblog zu führen. Er filmt den Körper des erlegten Attentaters. Immerhin, so ist die Redenschreiberin wenigstens gerächt. Gerechtigkeit!, munkelt es begeistert im Online-Wald, und davon, dass das Recht von aufrechten Bürgern gerechtfertigterweise selbst in die Hand genommen wurde, wo die Staatsmacht mal wieder versagt habe, dafür muss man die Selfiesticks nicht einmal weglegen.

Die Redenschreiberin hatte letzte Nacht Folgendes formuliert – und dieser Satz wird von ihr bleiben, das wusste sie auf dem Weg zum Präsidenten schon, dass das der eine Satz ist, der ihr gelungen ist, zugegeben, sie hätte auch nicht gedacht, dass sie so etwas in sich hatte: *Wir wollen keine Gleichberechtigung, wir wollen Rache!* Ganz von allein ist ihr das aus den Fingern in die Tastatur geflossen, Sachen gibt's. Obwohl die Redenschreiberin sich ein anderes Ende verdient hätte, wenn man sie gefragt hätte, jedenfalls kein durch einen minderbegabten Möchtegernselbstmordattentäter verursachtes, das wäre, solange sie noch denken hatte können, weit unter ihrer Würde gewesen.

Das kümmert die Festgesellschaft wenig, ein paar Böllerschüsse vom Veteranenverein werden als wahrscheinliche Ursache der Lärmbelästigung detektiert: Fröhliches Volk, das seinem autochthonen Überschwang, seinen überschäumenden Albträumen freien Lauf lassen will! Die Bürgermeisterin erleidet beim Anblick des Präsidenten einen Akutorgasmus inklusive Kreislaufkollaps und sinkt in den Hofknicks, nicht anders als das Forschungszentrum, das aufgrund einer Fehlkalkulation des Moorgewichtes den Umständen erliegt und an einem neuralgischen Punkt des Umluftsystems unweit des zentralen Lichtbereichs (Röhren, indirekt, sehr avantgardistisch) mit einem unspektakulären Seufzer implodiert – man hätte die Anzeichen bemerken können. Die betroffenen Räume waren gerade leer, was für ein Segen ist doch so ein Präsidentenbesuch! Das Bunkergelände wird in der Folge einseitig angehoben, so dass es schief auf der Erdwellenseite hängt wie ein Fischerboot in ewiger Ölsee (in einem laufkundschaftsbekömmlichen meerseitigen Geschäft, das *Atelier* heißt, ganz nordisch gestaltet mit gelackten weißen Kanten und Holzkorpus in Magenta, das lässt den Himmel dahinter umso blauer strahlen). Vielleicht erhöht das ja die zukünftige touristische Attraktivität der Gegend. Die Bürgermeisterin sackt nun ebenfalls ganz auf die Knie, bevor sie von der Security aufgefangen werden kann, die sich schließlich zurückhalten muss, bis die besten Bildsequenzen im Kasten sind oder wo auch immer (ihr wird in der Folge die Stelle im privaten Staatssender angeboten werden, die eigentlich der Redenschreiberin zugedacht war – so schnell kann's gehen). Der Landesbankpräsident – doch, so nennt er sich mit Fug und Recht, jedem Bundesland sein Präsident – hat einen Moment der Blitzerleuchtung und kippt anstandslos und nach dem dritten Aperitif einfach um, ein allgemeines Niedersinken findet statt, das Moor entlässt ein paar braunstichige Gase. Die mit dem Frischluftfilter- und Umwälzsystem betraute Billigstbieterfirma, hinter der unter ein paar Plausibilitätskonstrukten natürlich Jackie steckt, geht rechtzeitig in Konkurs, um sich im Handumdrehen neu zu gründen. Alfons' Versuche des Autostoppens bleiben erfolg- und ganz generell folgenlos (dass er für Jackies Firma haften wird, ist ihm nicht wirklich klar). Auch sein Orientierungssinn hat etwas gelitten, denn jetzt betritt er den nachbarlichen Hühnerstall, um sich dortselbst schlafen zu legen. Die Picknickrunde spürt ein Nachbeben und hält kurz inne, nur um die Anbahnung der Dreiecksbeziehung gleich wieder aufzunehmen, was Ruth ein bisschen peinlich ist. Die Verbände halten noch, zum Glück. Ruth hat etwas zu berichten: Aus dem Exklusivinterview mit dem platonischen Paar wird leider gar nichts. Die experimentellen Daten sind nicht signifikant. Das müsse aber anders formuliert werden, sagt die Ärztin auf Ruths investigative Nachfrage, da sei ein anderes Wording nötig, vorsichtig positiv. Das Material sei vielsprechend. (Andererseits hat Ruth da ein interessantes Bild, das die Algorithmen kitzelte: Über dem ansteigenden Mittelmeer flattert eine solarbetriebene Drohne, die einsam den Körpern Ertrunkener folgt.)

Epilog

Ein Wassertropfen fällt, fett und faul geworden, von einer Blattspitze zu Boden, wo er in zahlreiche Untertropfen aufspritzt, deren spiegelnde Oberflächen samt allen Nachbildern unbesehen in der Erde versickern. Man könnte sagen, es sei nichts passiert.

Zitate

S. 46: David Bowie, in *David Bowie: The Last Five Years.* Dokumentation von Francis Whately, 2017

S. 84: António Horta-Osório, Lloyds Banking Group chief executive, zitiert nach *May I have a word … about breast milk and ›execution capabilities‹?* Jonathan Bouquet, The Guardian, 26.08.18

S. 201: Sophia Süßmilch, http://sophiasuessmilch.com/

Danksagung

Ich danke Christian Berg vom botanischen Garten der Karl-Franzens-Universität-Graz für die Einführung in die Botanik der Moore, Urban Grossegger für die anschaulichen Ausführungen zur Imkerei und Birgit Pölzl für den stets kritischen Blick und unzählige angeregte Diskussionen.

Die Arbeit an diesem Roman wurde gefördert durch das Elias-Canetti-Stipendium der Stadt Wien.